KB123615

로크미디어가
유혹하는
재미있는 세상

ROK
MEDIA
로크미디어

무림세가
전생랭커

무림세가 전생랭커 11

2021년 12월 22일 초판 1쇄 인쇄
2021년 12월 27일 초판 1쇄 발행

지은이 산보
발행인 김정수 강준규

기획 이기헌 왕소현 박경무 강민구
책임편집 천기덕
마케팅지원 배진경 임혜솔 송지유 이영선

발행처 (주)로크미디어
출판등록 2003년 3월 24일
주소 서울시 마포구 성암로 330 DMC첨단산업센터 318호
Tel (02)3273-5135 **편집** 070-7863-0307 **Fax** (02)3273-5134
홈페이지 rokmedia.com **E-mail** rokmedia@empas.com

ⓒ 산보, 2021

값 8,000원

ISBN 979-11-354-7052-3 (11권)
ISBN 979-11-354-9773-5 04810 (세트)

차례

1장

　서거걱.

　소름 끼치는 절삭음과 함께 괴물로 변한 사파련 무인의 수급이 다시 한 번 바닥에 나뒹굴었다.

　"휴우."

　낭인으로 변장한 모습의 천서린이 자신의 볼에 튄 핏기를 닦아 내며 주변을 바라보았다.

　아직 여전히 비명과 날붙이가 맞부딪치는 소리가 이어지고 있었지만, 전장의 상황은 이전과 매우 달랐다.

　"중과부적이라 생각했건만…… 정말이지 백운세가의 저력이 놀라울 따름입니다."

　슬며시 주태명이 그녀의 곁에 다가와 말을 건네고 있었다.

그의 말처럼 백운세가의 군세가 사파련의 마졸들을 완벽히 제압하고 있는 상황이었다.

"네, 그리고 이렇게 압도적으로 이길 수 있었던 것은…….”

순간 그녀의 시선이 한 사람에게로 향했다.

"……역시나 저 흑명왕 때문이겠죠.”

스아아!

콰아아앙!

흑명왕 유일랑이 다른 이들과 확실히 대비되는 압도적인 파괴력을 선보이고 있었다.

'내 눈이 틀리지 않았다면 저 힘은 분명히…….'

신위를 펼치고 있는 흑명왕을 바라보는 그녀의 눈빛에 이채가 깃들어 있었다.

그렇게 천서린이 소신의와 유신운 그리고 흑명왕에 대한 생각으로 머리가 복잡해지던 찰나.

우우웅!

화르륵!

갑작스레 진동음이 울려 퍼지며 양측의 군영 전부가 소란스러워지기 시작했다.

"흐업!”

"저, 저건!”

북리겸과 유신운을 집어삼키며 사라졌던 불꽃이 다시금

타오르고 있었다.

모든 무인들이 구룡신화조의 불꽃을 유심히 바라보았다.

저곳에서 모습을 드러내는 이가 누구인지에 따라 전투의 향방이 완전히 달라질 수도 있었기 때문이었다.

스으으!

긴장감이 팽배하던 그때, 불꽃 속에서 누군가의 모습이 어렴풋이 내비치고 있었다.

"우오오!"

"련주님이 나오신다!"

그 잔영이 한눈에 보이게도 북리겸의 것이었기에, 사파련 진영에서 환호성이 터져 나왔다.

반대로 백운세가 진영에서는 침통한 신음이 흘러나왔다.

하지만.

"어, 어라?"

"……!"

흐릿했던 잔영이 점차 선명히 모습이 떠오르자, 그들의 반응은 완전히 뒤집혔다.

투툭!

선혈이 낭자한 북리겸의 시체가 불꽃 속에서 내던져져 바닥에 엎어졌다.

희열에 가득했던 사파련의 무인들의 표정은 경악과 절망으로 물드는 그때.

처척!

뒤이어 구룡신화조의 불꽃 속에서 귀면랑, 소신의 그리고 유신운이 당당히 모습을 드러냈다.

"가주님이 사파련주를 처단했다!"

"세 분 모두 무사하시다!"

그에 백운세가의 무인들이 환호성을 터뜨리며 기쁨에 날뛰었다.

자신들의 주인의 비참한 최후를 목격하자, 사파련 진영의 사기는 완전히 추락했다.

그 뒤의 전투는 싸움이라고 하기에도 민망한 일방적인 학살이었다.

무인의 자긍심보다 목숨을 부지하기 위해 사파련의 무인들이 도주를 시도했지만. 사파련 타락의 확실한 증거를 남기기 위해 유신운이 단 한 명의 도주도 용납하지 않았다.

그렇게 끝나지 않을 것만 같던 싸움이 모두 마무리되었다.

∾

잠시 후, 당소정과 정문 그리고 도진우를 비롯한 백운세가 진영의 모든 중요 인들이 사파련의 대회의실에 모두 모였다.

북리겸이 자리했던 상석에는 이제 유신운이 앉아 있었다.

도진우가 군사의 자리에서 서서 그에게 바쁘게 보고를 이어 갔다.

"명령하신 대로 사파련의 창고에 숨겨 두었던 모든 물품은 회수 중입니다. 한데 워낙 양이 많아 시간이 많이 소요될 것 같습니다."

"강제로 양민들에게 빼앗은 재화를 모두 본래의 주인에게 돌려주고, 출처가 불분명하거나 무언가 냄새가 나는 구린 물건들은 모두 따로 분류해 놓도록."

"예, 알겠습니다!"

유신운의 명령에 모든 일들이 빠르게 해결되고 있었다.

사파련이 쌓아 두고 있던 재화들을 모두 회수했고, 그들이 행하고 있던 비리와 범죄들의 증거를 수집하였으며, 마지막으로 싸움으로 혼란에 빠져 있을 양민들도 안정시켰다.

이 과정에서 유신운은 조금도 사사로운 탐욕을 부리지 않고, 오로지 가장 합리적인 방향으로 일들을 해결해갔다.

'내가 사람을 잘못 보지는 않은 모양이군.'

'단언컨대 이자야말로 다음 세대의 강호를 이끌어 갈 자다.'

당소정과 정문은 이제 믿음을 넘어 경외에 가까운 눈빛으로 유신운을 바라보고 있었다.

다음은 혈교와 연관되지 않은 사파 무사들의 처분에 대한 것이었다.

"조금이라도 혈교와 연관이 되어 있는 자들은 자비 없이 처단해라. 하지만 아무런 연관이 없는 사파의 무사들은 작금의 상황을 자세히 설명해 주고 그들의 선택에 맡기도록 해라. 떠날 이들은 떠나게 해 주고, 남은 이들은 최대한 편의를 봐줄 수 있게끔 하도록."

그리고 유신운은 마지막으로 그들이 어떤 선택을 하든 적의를 드러내는 아군은 엄벌을 내릴 것이란 말을 덧붙였다.

이런 사파련의 패잔병들을 품는 유신운의 결정에 모두가 놀랐다.

방금 전까지 칼을 맞부딪쳤던 이들이 순식간에 가까워질 수는 없지만, 유신운의 이런 모습에 많은 사파련의 무사들이 감화되었다.

그리고 그런 이들은 사파련을 집어삼켰던 어둠의 존재를 깨닫고 나자, 거친 분노를 토해 내며 유신운의 군영에 잇따라 합류하였다.

이로써 백운세가는 무림사 최초로 정사(正邪)의 무인들이 한데 어우러진 세력으로 발돋움하였다.

유신운은 회의가 어느 정도 마무리되어 가자, 미미한 부분은 도진우에게 맡긴 뒤 홀로 생각에 잠겼다.

'사파련의 힘을 고스란히 이어받았다. 이러면 혈교의 삼할에 가까운 힘을 강탈한 것이나 마찬가지. 이제 이대로 마교의 힘까지 얻는다면…….'

분명히 혈교와의 전면전에서도 유리한 고지를 점할 수

있으리라.

분명히 그럴진대…….

유신운의 표정은 결코 밝지 않았다.

아니, 오히려 딱딱하게 굳어 있었다.

'왜 이 마음 한편의 불안감이 사라지지 않는 거지?'

구룡신화조 속에서 혈교주의 눈빛이 떠오른 다음부터, 알수 없는 심마(心魔)가 그를 찾아와 있었다.

투다다다!

한데 그때였다.

갑자기 회의실 바깥의 복도가 소란스러워졌다.

"가주님! 급보입니다!"

수하 하나가 숨을 헐떡이며 문을 열고 말을 꺼냈다.

"무슨 일이냐?"

유신운이 상념에서 잠시 벗어나 그에게 질문했다.

"황군이 유자량의 시신의 수습과 함께 정확한 진상 규명을위해 이곳으로 이동하고 있습니다! 예상에 따르면 반각 정도후에 성문 앞에 도착할 것 같습니다!"

그건 다름 아닌 황군이 진격해 오고 있다는 사실이었다.

하지만 도진우를 비롯한 당소정과 정문의 표정은 밝았다.

그들은 오히려 황군을 반기는 분위기였다.

"뒤늦게나마 황궁에서 청룡검의 사망을 알아차린 모양이군요."

"우리에겐 잘된 일입니다. 황실의 도움을 받는다면 무림맹의 일도 손쉽게 해결될 수 있을지 모릅니다."

당소정이 말을 꺼내자, 정문이 유신운에게 말했다.

"가주님, 명을 내려 주십시오."

모두의 시선이 유신운에게 향하고 있던 그때.

ー퓌요오!

느닷없이 회의실의 창 바깥에서 새의 울음소리가 울려 퍼졌다.

모두가 고개를 갸웃하던 찰나, 유신운이 창으로 향하자 기다렸다는 듯 흑신응이 날아 들어왔다.

그의 팔에 걸터앉은 흑신응을 살피던 유신운이 녀석의 발에 묶여 있는 전서를 확인했다.

하오문주 신우양이 보낸 급보였다.

유신운은 곧장 전서의 내용을 확인했다.

'……!'

그리고 전서에 적힌 충격적인 내용에 그의 표정에 처음으로 경악의 감정이 떠올랐다.

그러던 그때였다.

"역적 유신운을 추살하라!"

사파련에 들이닥친 황군이 내뱉는 거대한 함성이 그들의 귀에까지 울려 퍼지고 있었다.

사파련 제압 하루 전.

낙양, 무림맹성.

짙은 어둠이 내려앉은 밤, 일련의 무리가 무림맹의 내부를 은밀히 거닐고 있었다.

흑장의와 복면으로 온몸을 숨긴 그들은 한눈에도 불경한 목적을 지니고 있음이 틀림없어 보였다.

복면의 틈에서 비치는 그들의 눈에는 결연한 의지가 엿보이고 있었다.

그들이 유령과 같은 발걸음으로 향하고 있는 곳은 다름 아닌 맹주전이었다.

근래에 분명히 무림맹이 화산파 파벌의 정검맹(正劍盟)과 소림과 무당이 이끄는 일천회(一天會)로 분파되기 일보 직전인 혼란한 상황이기는 하나.

채채챙! 채챙!

"누구냐!"

"감히!"

무림맹은 무림맹이었다.

침입자를 발견한 무사들이 각자의 검을 출수하며, 적에게 전광석화처럼 달려들었다.

스아아!

그들의 검에서 선명한 검사가 피어오르고 있었다.

침입자들은 맹렬히 검을 휘두르는 그들을 복잡해 보이는 눈빛으로 바라보다가.

채챙!

처척!

이내 전투태세를 갖추었다.

'저, 저 검은?'

'저 초식은?'

그러자 이번에는 맹주전 무사들의 눈빛이 바람 앞의 촛불처럼 흔들렸다.

어쩔 수 없었다.

그들의 눈에 무당파의 상징인 송문고검(松紋古劍)과 소림사의 무공이 펼쳐져 보이고 있었기 때문이었다.

싸움은 싱겁게 끝나 버렸다.

"큽!"

"커억!"

맹주전 무인들이 침입자들이 펼쳐 낸 무공에 몇 수 버티지 못하고, 바닥에 의식을 잃고 쓰러졌다.

맹주전 무인들이 아무리 뛰어나다고 해도.

소림사의 수호자인 사대금강(四大金剛)과 십팔나한(十八羅漢), 무당파의 기둥인 태극칠검(太極七劍)과 무당십팔검수(武當十八劍手)를 막아 낼 수는 없었다.

"……이제 정말 돌이킬 수 없겠군요, 아미타불."

쓰러진 무사들을 보며 불호를 외는 소림사의 방장 육망선사의 말에 무당파의 장문인 현학도장이 침묵을 지키며 맹주전으로 향했다.

그리고 싸움은 치열하게 계속 이어졌다.

그들은 빠르게 맹주전의 무사들을 제압해 가며 담천군이 자리한 맹주전까지 돌파하고 있었다.

그런 상황에서 육망선사의 머릿속에 지난 밤 현학도장과 나누었던 대화가 떠오르고 있었다.

-방장께서는 유가주가 정녕 사파련주를 제압할 수 있으리라 생각하시오?

-도박에 가까운 가능성입니다. 아해들에게만 무림의 명운을 걸 수는 없는 일입니다.

-천강진인이 내일 밤 담천군이 혈교의 의식을 행하느라 본신의 내기가 봉인된다 했습니다.

-절호의 기회입니다. 이때를 놓치면 그를 제압할 수 없습니다. 방장, 우리의 모든 것을 건다면 분명히 담천군을 처치할 수 있을 것입니다.

천강진인과 담천군의 일제자인 연천악이 그들에게 내부의 상황을 알려 주고 있었다.

당소정을 통해 두 사람은 백운세가와 긴밀히 연락을 주고 받고 있었던 것이다.

—스승님, 그들의 힘은 스승님이 생각하시는 것보다 훨씬 크고 깊습니다. 절대 홀로 해결하려 하시지 마시고, 모든 일을 유가주님과 함께 진행하셔야 합니다.

육망선사의 제자인 덕광이 그리 당부를 했지만.

'미안하구나.'

육망선사는 제자의 말을 따르지 않았다.

두 사람은 실제로 유신운의 무위를 실제로 본 적이 없었기에, 그에 대한 믿음이 그리 깊지 않은 탓이었다.

철컥!

"이리로 가면 됩니다."

그러던 그때, 연천악이 지하로 내려가는 비밀 통로의 문을 열었다.

육망선사와 현학도장이 앞장을 서며 지하 통로를 빠르게 주파하기 시작했다.

한 사람도 걸어가기 힘들 만큼 비좁았던 길이 점차 넓어 졌다.

그리고 곧이어 그들의 눈앞에 널따란 공간이 펼쳐졌다.

지하임에도 야명주가 박혀 있는 탓에 대낮처럼 주변은 밝았다.

'무슨?'

'담천군은 어디에?'

그러나 그곳 어디에도 담천군의 모습은 보이지 않았다.

한데 그 순간.

쿠우웅!

쿠궁!

갑자기 그들이 들어왔던 뒤편의 통로를 거대한 철문이 가로막았다.

'이게 무슨?'

'설마!'

육망선사와 현학도장이 당황을 금치 못하던 찰나.

"어서 오시오."

저편에서 모습을 드러낸 담천군이 이제는 마기를 숨기지 않으며 그들을 향해 비릿한 미소를 짓고 있었다.

❦

'……설마 천강진인이 우리를 속인 것인가?'

비릿한 미소를 짓고 있는 담천군을 확인한 순간, 모두는 한 사람을 의심했다.

"다, 당신이 왜 여기에?"

복면을 쓰고 있는 침입자들 사이에서 당황에 찬 목소리가 새어 나왔다.

이 상황에 가장 당황하고 있는 천강진인이었다.

그 반응을 보며 육망선사와 현학도장은 속으로 깊은 탄식을 흘렸다.

'함정에 빠졌구나.'

그들은 자신들이 담천군이 놓은 덫에 걸리고 말았음을 깨달았다.

처척! 처처척!

담천군의 뒤편에서 수많은 무사들이 모습을 드러내었다.

맹주를 수호하는 황룡위들이었다.

조금의 감정도 느껴지지 않는 무표정의 그들 또한 담천군과 마찬가지로 마기를 흩뿌리고 있었다.

양 세력의 병력 차가 월등히 나는 상황.

배에 달하는 황룡위들이 서서히 포위망을 좁혀 왔다.

콰아아!

촤아아!

이런 상황에서 기세가 밀리면 끝이라는 것을 잘 알고 있는 육망선사와 현학도장은 보란 듯 자신들의 기운을 최대한으로 끌어 올렸다.

그에 소림과 무당의 제자들 그리고 연천악과 천강진인 또한 쓰고 있던 복면을 벗어 던지며 내기를 쏟아 내었다.

하지만 담천군은 가소롭다는 듯 제 입꼬리를 말아 올렸다.

"교의 정보가 계속해서 **빠져나가는** 것을 보며, 쥐새끼가 숨어든 줄은 알고 있었지만. 그 쥐새끼가 네놈일 줄은 상상도 못 했다, 천강."

"흥! 나는 주군의 명을 따를 뿐이다!"

천강진인이 유신운을 언급하며 버럭 화를 지르자, 담천군은 제 고개를 절레절레 가로저었다.

"쯧쯧, 교주님께서 이야기하신 것과 똑같군. 그딴 애송이에게 정신을 장악당한 꼴이라니, 한심하기 그지없구나."

"……그게 무슨 말 같지 않은 소리냐!"

자신이 유신운에게 세뇌되었음을 모르는 천강진인은 콧방귀를 끼었지만, 육망선사와 현학도장은 깜짝 놀란 속내를 숨기지 못했다.

ㅡ소신의의 술법은 혈교의 것과는 궤를 달리하는 힘이라고 합니다. 담천군은 결코 알아차리지 못할 것이라고 하니, 두 분은 의심치 않아도 될 것 같습니다.

분명히 당소정은 그리 말했건만, 눈앞의 담천군은 천강진인에게 펼쳐진 정신을 장악하는 술법의 존재를 이미 알아차리고 있었다.

"……시주는 언제부터 알고 있었던 게요."

육망선사가 침음을 삼키며 말을 꺼내자, 담천군이 천천히 음험한 빛을 뿜어내는 총운신검을 꺼내들며 말을 꺼냈다.

　"클클, 어떤 것을 말하는 것이오, 선사? 그대들이 교의 정체를 알고 있다는 것? 아니면 사파련을 공격하고 있는 백운세가가 그대들과 손잡고 있다는 것?"

　"……!"

　"……!"

　상대는 모든 것을 알고 있었다.

　육망선사와 현학도장을 포함한 모두의 표정에 깊은 시름이 내려앉았다.

　그 모습을 바라보며 담천군이 한 마디를 내뱉었다.

　"후후, 교주님의 신안(神眼)으로 오히려 세례의 날이 더욱 가까워졌으니, 네놈들은 기뻐해야 할 것이다."

　담천군이 의미를 알 수 없는 말을 지껄이던 그때였다.

　─제가 시간을 벌겠습니다. 두 분은 이곳을 빠져나가 백운신룡에게 상황을 알리고 부디 훗날을 도모하십시오!

　육망선사와 현학도장의 귓전에 연천악의 전음이 울려 퍼졌다.

　촤아아! 파바밧!

　연천악이 진각을 박차며 전광석화처럼 앞으로 달려 나갔다.

　치지직!

　그의 품속에서 작은 불꽃들이 타들어 가고 있었다.

연천악은 혹시 모를 상황을 대비해 소형화시킨 폭벽뢰를 온몸에 두르고 온 것이었다.

　'아아!'

　자신을 희생하여 모두를 구하려는 의지를 읽은 현학도장은 가슴이 내려앉는 것 같았지만 이내 이를 악물었다.

　"모두 퇴각한다!"

　현학도장의 외침과 함께 모든 이들이 뒤를 돌아 그들을 가로막고 있는 철문으로 향했다.

　가장 먼저 다가선 현학도장이 자신의 송문고검을 높이 들었다.

　"태극무해(太極舞海)!"

　그리고 무당파 최고의 절예인 태극혜검의 일 초식을 펼쳐 보였다.

　검의 움직임을 따라 허공에 태극의 형상이 그려지고 있었다.

　유함 가운데 강대한 기운이 쏟아지며 철벽이 산산이 부서져 내리려는 찰나.

　'……이건!'

　쩌저적!

　콰가가!

　느닷없이 철벽을 혹한의 빙기(氷氣)가 감싸 안았다.

　상황은 거기서 끝나지 않았다.

쐐애액! 콰가가!

빙벽(氷壁)에 가로막힌 그들에게 날카롭기 그지없는 얼음 창날이 소낙비처럼 날아들기 시작한 것이다.

서거걱! 푸푹!

"크윽!"

"컥!"

음험한 마기가 담긴 얼음 창날들에 베이고 찔린 십팔나한과 무당십팔검수들의 전신 곳곳에서 피가 흐르고 있었다.

'아미타불, 어찌 이자가 빙궁(氷宮)의 무공을……!'

육망선사는 사대금강들과 함께 제자들을 최대한 지켜 내면서도 속으로는 의문을 피워 올렸다.

"그대들에게 도망갈 길은 없어요."

그런 찰나, 황룡위 가운데 모습을 드러낸 정체를 알 수 없는 중년의 여인이 그들을 살기 어린 눈빛으로 바라보고 있었다.

그녀는 아름다운 미모를 지니고 있었지만, 무표정의 얼굴에는 작은 감정조차 느껴지지 않고 있었다.

팔령주 중 하나인 감령주가 제 모습을 드러낸 순간이었다.

감령주의 전신에서 모든 것을 얼어붙게 만드는 극한의 음기가 넘쳐흐르고 있었다.

"커억!"

"일공자!"

그런 찰나, 연천악은 어느새 담천군의 손아귀에 목을 붙들려 있었다.

안색이 파랗게 질려 가는 그는 허공에서 버둥거리며 고통스러워했다.

그런 그의 발치에 타오르던 심지가 모두 잘려 나뒹굴고 있었다.

"정녕 이따위 조잡한 물건으로 나를 죽일 수 있으리라 생각한 것이더냐."

우웅!

담천군이 허공섭물의 공능으로 연천악의 품속에 있던 폭벽뢰들을 모두 꺼냈다.

"죽……어."

"벌레 같은 놈. 제 가치를 다했으면 알아서 조용히 죽음을 맞이하면 될 것을."

"크억!"

휘익!

말을 끝낸 담천군은 연천악을 높이 던져 올렸다.

그러자 허공에 떠올라 있던 폭벽뢰들 또한 연천악의 곁으로 날아들었다.

"안 돼!"

이어질 사태를 예감한 현학도장이 커다랗게 소리쳤다.

콰아앙!

하지만 곧이어 거대한 폭음과 함께 연천악이 흔적조차 남지 않고 사라졌다.

그 비참한 최후를 보며 현학도장과 육망선사가 안타까움에 침음을 흘렸다.

하지만 그것도 잠시뿐이었다.

"아미타불. 빈승의 목숨을 바쳐 맹주의 살행을 멈추겠소."

"무당의 제자들이여, 마를 멸하라!"

그들은 벽력같은 사자후를 터뜨리며 담천군에게로 달려들었다.

목숨을 바치겠다는 말은 허언이 아니었다.

그들은 이 싸움에 모든 것을 걸기 위해 자신의 진원진기를 모두 불태우고 있었다.

그렇게 모든 것을 쏟아 낸 그들의 힘은 잠시나마 두 사람의 본래의 경지보다 아득히 높은 곳에 도달하여 있었다.

하지만 담천군은 조금의 두려움도 없이 그저 한 발자국 앞으로 걸음을 내딛었다.

"우매하기 짝이 없는 놈들. 너희들의 하찮은 목숨 따위를 바친다고 무슨 변화를 만들 수 있다는 것이더냐?"

화아아아!

콰가가가!

'……!'

'무, 무슨?'

그러자 순식간에 공간 전체는 담천군의 압도적인 마기로

가득 차 버렸다.

스르릉!

쿠아아아!

"반딧불이가 자신의 몸을 태운다 한들, 찰나의 반짝임만
남긴 채 비참히 타들어 갈 뿐."

소림과 무당의 모든 힘이 그를 향했지만, 총운신검에서 휘
몰아치기 시작한 가공할 마기는 그 모든 것을 집어삼켰다.

들이닥치는 가공할 마류(魔流)에 아득해지는 시야 속에서.

'덕광아, 부디 너만은……'

육망선사는 자신의 제자를 걱정했다.

사파련 함락, 반시진 전.

하북성, 고안(固安).

험준한 산길을 일련의 무리가 줄을 지어 이동하고 있었다.

"후우, 후."

"아버님, 힘드셔도 부디 조금만 참아 주세요. 개방과의 약
속 장소까지 거의 다 왔습니다."

자신의 등에 업혀 있는 팽승언이 거친 숨을 몰아쉬자, 팽
승구가 걱정 어린 목소리로 말을 꺼냈다.

"……그래. 내 걱정……은 말거라."

팽승언이 힘없이 대답했다.

'……아미타불. 숨 쉬는 것도 힘들겠지. 팽부경이 단전을 폐하고 사지의 힘줄까지 모두 끊어 놓았으니.'

그런 부자의 모습을 덕광을 포함한 청천회의 모두가 안타깝게 바라보고 있었다.

"이봐, 더 뒤처지면 추격대가 쫓아와. 빌빌대지 말고 얼른 서두르라고."

선두에 선 오직 한 사람, 여득구를 제외하고 말이다.

'후우, 참자, 참아.'

언소소는 한마디를 쏘아붙이려 했지만, 속으로 꾹 참았다.

동생인 팽부경에 의해 감금된 가주, 팽승언을 하북팽가에서 탈출시키는 작전에 가장 큰 공을 세운 것이 눈앞의 상대였기 때문이었다.

그들은 산서에서 사파련의 냉가장과 혈검보의 싸움에 팽부경이 은밀히 참여한 순간을 노려 하북팽가에 잠입했고, 팽승언을 탈출시킨 뒤 함께 도주를 하고 있는 상황이었다.

─경초방이 방주님의 설득에 성공한 것이 천만다행이군.

─……중립을 지키던 개방도 팽 가주님의 상황을 보고는 믿지 않을 수가 없었겠죠.

남궁호와 섭웅이 서로 전음을 나누었다.

그들은 산 너머에서 기다리고 있을 경초방과 개방의 제자들을 떠올리며 안도의 한숨을 내쉬었다.

한데 그때였다.

"흐음, 아이들과 반요 한 마리라⋯⋯."

"⋯⋯!"

갑자기 그들의 사이로 한 번도 들어 본 적 없는 의문인의 목소리가 울려 퍼졌다.

가장 뒤편에서 추격대를 살피고 있던 곤륜의 정현과 모용미가 당황한 기색을 숨기지 못하고 있었다.

모두가 소스라치게 놀라며 목소리가 들려온 근원지를 확인했다.

'저자는?'

'⋯⋯누구?'

모두의 눈에 의문의 빛이 떠올랐다.

전신에 검은 피풍의를 뒤집어쓴 의문의 존재가 마치 처음부터 그곳에 있었다는 듯, 그들 사이에 자리하고 있었기 때문이었다.

채챙!

채채챙!

모두가 각자의 병장기를 출수하는 소리가 시끄럽게 울려 퍼졌다.

"누구냐!"

"정체를 밝혀라!"

덕광과 태일이 의문의 적을 향해 전투태세를 갖추며 말했다.

하지만 그들의 목덜미에서는 연신 식은땀이 주르륵 흐르고 있었다.

'크윽, 내기가 진탕이 되고 있어!'

'……엄청난 고수다!'

스아아아!

콰아아!

피풍의 사내에게서 흘러나오고 있는 가공할 기운이 그들을 긴장하게끔 만들고 있기 때문이었다.

"흐음, 아쉽군. 아무래도 내가 찾는 녀석은 없는 모양이야."

하지만 피풍의 사내는 자신에게 쏟아지는 검들이 조금도 두렵지 않다는 듯, 여유롭게 제 할 말만을 내뱉을 뿐이었다.

"쿨릭!"

"정현!"

그때, 가장 무공의 성취가 떨어지는 정현이 검은 피를 토했다.

피풍의 사내의 기운에 닿는 것만으로도 독무를 흡입한 것처럼 몸의 내부가 무너지고 있었던 것이다.

파밧!

그때, 몸을 날린 여득구가 의식을 잃고 쓰러지는 정현을 낚아채며 뒤로 다시금 물러났다.

하지만 그뿐이었다.

여득구는 감히 피풍의 사내에게 달려들 엄두조차 내지 못하였다.

어쩔 도리가 없었다.

'……저자는 절대 이길 수 없어.'

이 순간에도 그의 본능이 도망을 치라 비명을 지르고 있었기 때문이었다.

"흐음, 도철의 핏줄인가? 재밌는 재주를 가졌군."

상대는 그저 보는 것만으로 여득구의 진정한 정체를 알아차렸다.

"……당신, 대체 누구야."

그때, 덕광이 침음을 삼키며 말했다.

"나 말인가?"

싸늘한 침묵이 내려앉아 있던 그때.

"그대들이 쫓고 있는 곳의 주인이라네."

혈교의 교주가 차가운 미소를 지어 보이며 대답했다.

'……설마.'

'저자가 혈교주!'

의문인이 자신의 정체를 밝힌 순간, 사위의 공기가 차갑게 얼어붙었다.

유신운조차 진정한 정체에 대해 아는 것이 없었던 존재가 자신들의 눈앞에 나타나자, 그들은 당혹감을 숨길 수 없었다.

스아아.

하지만 그런 그들의 반응을 조금도 신경 쓰지 않았다.

혈교주의 검은 피풍의만 마치 살아 있는 생명체처럼 펄럭이고 있었다.

'……얼굴이 보이지 않아.'

검은 피풍의의 안을 들여다보던 남궁호가 아무것도 보이지 않는 어둠만을 확인하곤 침음을 흘렸다.

스아아!

한데 그때, 심연 속에서 음험하기 짝이 없는 안광(眼光)이 번뜩였다.

"크읍!"

"……!"

남궁호뿐 아니라 모든 이들이 신음을 흘렸다.

자신의 천적을 앞에 둔 피식자가 이러할까.

그들의 심(心)과 신(身)이 동시에 뿌리째 뒤흔들리고 있었다.

"놈과 눈을 마주치지 마라! 혼을 빼앗긴다!"

그나마 자신의 요기로 겨우 버텨 낸 여득구가 모두를 향해 소리쳤다.

'젠장!'

하지만 그의 노력에도 청천회의 후기지수들은 혈교주의

마수에서 쉽사리 벗어나지 못하고 있었다.

　-만일 탈출을 할 수 없는 최악의 상황이 온다면 이걸 사용해라. 하지만 각오는 해야 한다. 너희가 감당할 수 없는 힘이니, 분명히 큰 대가가 필요할 것이다.

　여득구는 자신이 떠날 때 유신운이 준 물건을 사용할 때가 왔음을 깨달았다.

　스아아아!

　한데 그때, 혈교주의 신형이 신기루처럼 사라졌다.

　'온다!'

　경지의 차이가 아득히 났기에 상대의 움직임을 눈으로 좇지 못했다. 그 말인즉 결국 감각과 운에만 의지할 수밖에 없다는 뜻이었다.

　쐐애액!

　바람이 찢어지는 파공성과 함께 상대의 공격이 펼쳐졌다.

　촤아아!

　여득구는 석상처럼 몸이 굳은 후기지수들을 요기로 모두 뒤로 밀쳐 냈다.

　그런 그의 앞에 마치 공간을 접어 달리는 것처럼 이동한 혈교주가 날을 세운 수도(手刀)를 휘둘렀다.

　수도는 그의 목을 노리고 날아들었다.

어떤 초식의 형(形)도 없이 그저 횡으로 긋는 단순한 동작에 불과했음에도 불구하고.

'죽는다!'

여득구는 본능적으로 자신의 죽음을 직감했다.

영원한 안식을 바라는 그는 당장이라도 눈을 감고 상대의 공격을 모두 받아들이고 싶었다.

하지만 그 순간.

─네가 살문의 이름으로 지금까지 죽인 이들의 수만큼 죄 없이 죽어 갈 이들을 살려 내라.

유신운과 나누었던 대화가 그의 머릿속에 섬광처럼 번뜩이며 떠올랐다.

그는 아직 자신이 행했던 살행의 반절도 갚지 못했다.

게다가 그의 뒤편에 있는 멍청하기 짝이 없는 녀석들.

─혈교의 절반이 괴이(怪異)로 변하는 판국에 반요…… 뭐, 그런 게 그리 놀랄 일입니까.

─회주님과 형제의 연을 맺었다면 저희와도 형제입니다!

유신운에게 자신의 정체를 들었음에도 아무런 편견 없이 대해주는 최초의 존재들이 그의 가슴 한편에 이상한 감정을 들게 만들고 있었다.

휘이익!

여득구는 자신의 요기를 전력으로 모두 사용하여, 몸을 괴이한 범주로 뒤틀며 혈교주의 공격을 피했다.

서거걱! 투둑!

"크아악!"

하지만 그런 여득구의 움직임조차 예상했다는 듯 따라붙은 혈교주의 수도가 기어이 그의 한쪽 팔을 잘라 내었다.

잘린 부위에서 피가 쏟아져 바닥이 피로 흥건해졌다.

여득구는 이를 악물며 고통을 참으며 길게 자라난 손톱을 휘둘렀다.

쐐애액! 콰가가가!

그러자 요기로 이루어진 참격이 혈교주에게 날아들었지만.

콰드득!

혈교주가 가볍게 손을 뻗자 수많은 참격들이 모래먼지처럼 흔적도 없이 사라져 버렸다.

그 광경을 바라보며 청천회의 후기지수들 모두가 짧은 탄식을 토해 냈다.

"흐음, 아직 이 몸에 적응이 완벽히 되지 않은 모양이군."

그런 상황에서 혈교주는 마치 자신의 몸을 처음 움직이기라도 하는 것처럼 기괴하게 몸을 꿈틀거렸다.

촤아아!

파바밧!

그런 찰나, 한줄기의 섬광이 번뜩이며 전광석화처럼 누군가가 혈교주에게 달려들었다.

ㅡ여 형, 제가 시선을 끌겠습니다! 부디 모두를 이끌고 도망가 주십시오!

다름 아닌 청성파의 섭웅이었다.

혈교주의 주박에서 가장 먼저 벗어난 그가 모두를 살리기 위해 자신을 희생한 것이었다.

'안 돼!'

여득구는 섭웅을 말리려 했지만, 진탕이 된 그의 몸은 말을 듣지 않았다.

좌라라라!

좌아아!

수십, 수백의 검영(劍影)이 어지럽게 허공을 수놓으며 청성의 절예, 칠십이파검(七十二破劍)이 혈교주에게 쏟아졌다.

하나의 검영에 스치기만 하더라도 육신이 곤죽이 될 터였지만, 혈교주는 피할 생각도 없이 그 초식을 그대로 받아 냈다.

콰가가가!

콰아앙!

모든 검영이 혈교주를 강타하며 크나큰 폭음이 터져 나왔다.

하지만 다음 순간.

'……말도 안 돼.'

당황한 섭웅의 눈이 지진이라도 난 듯이 흔들렸다.

혈교주는 검영에 어떠한 피해도 받지 않은 채, 섭웅에게 천천히 걸어가고 있었다.

"섭웅!"

"안 돼!"

후기지수들이 친우를 향해 악을 질러 댔다.

하지만 그들이 주박에서 벗어나는 것보다, 혈교주가 섭웅의 앞까지 당도하는 것이 빨랐다.

"쿨럭! 퀵!"

섭웅의 입에서 검은 핏물이 쏟아졌다.

다시금 주박의 힘이 강해지며, 그의 기운이 엉망진창이 되어 가고 있었다.

"청성의 검. 이전에도 그러했지만……."

혈교주가 두 손가락으로 섭웅의 검날을 가볍게 쥐었다.

까강!

"역시나 가소롭기 짝이 없구나."

그러자 너무도 손쉽게 내기가 가득 담긴 검날이 반 토막이 났다.

그리고 다음 순간.

푸욱!

"섭웅!"

"까아아!"

혈교주는 쥐고 있던 반절의 검날을 섭웅의 심장에 꽂아 넣었다.

곧이어 섭옹의 두 눈이 초점이 사라지며 흐리멍덩해졌고.

털썩.

숨이 끊어진 섭옹이 바닥에 몸을 뉘었다.

동료의 죽음에 청천회의 모두가 충격에 휩싸인 그때.

파바바밧! 처처척!

시끄러운 발소리가 울려 퍼지더니, 곧이어 그들의 눈앞에 일단의 무리가 모습을 드러내었다.

그들은 청천회의 후기지수들을 무시한 채, 혈교주에게 모두 무릎을 꿇었다.

"혈교천세!"

"천주(天主)를 뵙습니다!"

하북팽가의 팽부경과 함께 황보세가의 가주 황보준과 황보동이 혈교의 무사들과 함께 모습을 드러내었다.

스아아아!

그때, 여득구의 품에서 상서로운 빛이 뿜어져 나오기 시작했다. 보패 조요경이 권능을 발휘하려 하고 있었다.

"저놈을 잡아!"

"놈들을 놓치면 안 된다!"

이상을 발견한 팽부경과 황보준이 커다랗게 소리를 질렀다.

황보동을 비롯한 혈교의 무사들이 여득구에게 달려들었다.

자신에게 해일처럼 쏟아지는 적들을 바라보던 여득구가

조요경을 뒤편의 후기지수들에게 던졌다.

─형님에게 안부나 전해 줘라.

"여 형!"

"안 됩니다!"

촤아아아!

조요경에서 쏟아진 찬란한 광채가 후기지수들을 휘감았다.

수신경월(水神鏡越).

보패 그 자체를 대가로 딱 한 번만 발동이 가능한 권능인데, 조요경의 영향권 안에 자리한 이들을 보패의 주인이 존재하는 곳까지 이동시키는 힘이었다.

"이 뒤로는 아무도 갈 수 없다."

죽음을 각오한 여득구가 혈교의 무사들과 뒤엉켜 미쳐 날뛰고 있었다.

하지만 혈교주에 의해 완전히 심신이 무너진 상태였기에, 한눈에 보기에도 홀로 막기에는 역부족이었다.

"크윽!"

"왜, 왜 나갈 수가 없는 거야!"

이미 조요경의 광채 속에 자리한 남궁호와 태일이 절망스러운 표정으로 울부짖었다.

"내가, 내가 돕겠……!"

퍽!

그때, 조요경의 영향권에 아직 닿지 않았던 곤륜의 정현이 검파에 손을 가져가다가 그 모습 그대로 기절해 버렸다.

역시 아직 조요경의 방진 바깥에 있던 덕광이 정현의 목덜미를 내려친 것이었다.

덕광이 양손으로 정현을 들어 조요경의 안쪽에 던졌다.

"덕광!"

그의 의도를 알아차린 나머지 청천회의 후기지수들이 그의 이름을 불렀다.

"시주님들, 부디 제 몫을 더한 만큼 회주님을 잘 보필해주시길 바랍니다."

덕광은 마지막 말과 함께 여득구를 돕기 위해 달려갔다.

그 순간, 조요경의 광채가 더욱 환하게 빛나기 시작했다.

스아아아! 촤아아!

그리고 청천회 후기지수들이 흔적도 없이 사라졌다.

그 광경을 이전과 마찬가지의 감정 하나 없는 차가운 시선으로 바라보며…….

"이 정도면 인사는 되었으리라, 역천자(逆天者)여."

혈교주가 나직하게 혼잣말을 내뱉었다.

＊

백운세가가 사파련을 무릎 꿇렸다.

이 놀라운 소식에 모든 강호인이 놀라움을 금치 못했다.

당초 모두의 예상은 사파련의 승리를 점쳤기 때문이었다.

그러나 백운신룡, 아니 이제는 백운검제(白雲劍帝)라 불리는 유신운.

그리고 생사천의(生死天醫) 유의태와 귀면낭왕(鬼面浪王)이 힘을 합친 결과는 누구도 예상하지 못한 반전을 가져왔다.

세상 사람들은 이제 그 세 사람을 일컬어 신주삼성(新州三聖)이라 부르며 우내십존과 동석에 놓고 있었다.

이로써 그동안 혼란했던 정국이 안정될 것으로 기대했으나, 그 기대는 곧 산산이 부서지고 말았다.

역적 유신운과 그 휘하의 세력을 참살하라.

사파련 멸문의 충격이 얼마 지나지 않아, 황제가 유신운과 백운세가를 역적으로 규명했기 때문이었다.

이전의 구룡방 사건으로 인해 친밀하던 황실과 유신운의 관계가 뒤틀린 것은 청룡검 유자량의 죽음 그리고 백운세가가 수많은 요괴 강시를 제조했다는 황실의 주장 때문이었다.

유신운과 함께 전쟁을 치렀던 무인들과 사천성의 양민들 또한 백운세가의 결백함을 호소했지만, 황실은 귀를 닫은 듯 자신들의 주장만 반복할 뿐이었다.

황실의 움직임은 치밀하고도 빨랐다.

담천군과 손을 잡은 황실은 오로지 정검맹만을 인정하며, 일천회는 백운세가와 연합한 역적 세력으로 선포했다.

선포가 있기 전날, 소림사의 방장 육망선사와 무당파의 문주인 현학도장의 목이 정검맹의 정문 앞에 효시되었다.

그뿐이 아니었다.

황군과 정검맹의 무인들은 소림사와 무당파를 습격했다.

모든 정예 무인들이 죽음을 맞이했기에 제자들만으로는 그들을 막아 내는 것은 불가능했다.

결국 정파의 태산북두였던 소림사와 무당파가 흔적도 없이 불에 타 재만이 남고 말았다.

추격에서 벗어나 겨우 살아남은 제자들이 성을 벗어나, 백운세가가 위치한 절강으로 도망을 치고 있었다.

그리고 그런 상황은 다른 문파들도 다르지 않았다.

정검맹의 일원이라 선포한 화산파, 공동파, 제갈세가, 황보세가, 하북팽가의 다섯 문파를 제외한 나머지 구 무림맹의 세력은 황군과 정검맹의 무인들로 인해 멸문의 위기에 몰려 있었던 것이다.

진주언가, 모용세가, 남궁세가도 본가를 버리고 전원 백운세가의 영향권인 강남으로 정신없이 도주를 하고 있었다.

일천회와 백운세가는 제대로 된 반격을 하지 못한 채 파죽지세로 밀리고 있었다.

어쩔 도리가 없었다.

사파련의 힘이 더해졌다고 한들 아직 완전하게 조화가 된 것도 아닐뿐더러, 황군의 힘은 그보다 더욱 강력했기 때문이었다.

　하지만 백운세가와 구파일방과 칠대세가의 저력으로 절강, 강서 호남으로 이어지는 방어선만은 무너지지 않고 버티고 있었다.

　이 순간에도 담천군의 정검맹의 덩치는 거대해지고 있었다.

　강호 전체에 암약하던 혈교의 세력들이 이제 숨는 것을 멈추고 정검맹에 입성을 하고 있었기 때문이었다.

　백운세가는 사파련과의 전쟁에서 찾은 혈교의 증거들을 내세웠지만, 그 외침들은 그저 어둠에 묻히고 있었다.

　하오문이 온 힘을 다하고 있었지만, 혈교가 중간에서 모든 소문을 차단했다.

　한순간에 역도의 무리가 된 최악의 상황.

　청천회가 뿌리부터 흔들리고 있던 그때, 황실에서 또 하나의 전언이 내려왔다.

　사흘 후, 역적들을 향한 본보기로 포획한 역도들을 처형할 것이다.

　황제의 전언을 확인한 백운세가와 일천회는 혼란에 휩싸였다.

하지만 어쩔 수 없었다.

그들이 말하는 '역도'의 정체는, 다름 아닌 덕팡과 여득구였기 때문이었다.

2장

어느새, 덕광과 여득구의 처형이 이틀 전으로 다가온 시점.

사파련의 대전에 수많은 이들이 모여 있었다.

본래 북리겸이 앉던 상석에는 유신운이 자리하고 있었고, 그것을 중심으로 양쪽으로 청천회의 일원들이 도열하고 있었다.

남궁세가와 모용세가를 비롯한 도주한 일천회의 존재들은 모두 절강성의 백운세가 본가로 향했기에 이전의 사파련 전투에서 함께 했던 이들뿐이었다.

대전의 모든 이들은 하나같이 굳은 얼굴이었다.

그런 가운데 대전에는 싸늘한 침묵 또한 감돌고 있었다.

'후우, 어찌 이런 일이…….'

누구 하나 말을 꺼내기 힘겨워하는 무거운 분위기를 살피며, 청성파의 장문인인 정문이 속으로 긴 한숨을 내뱉었다.

그런 그의 머릿속에 충격적이었던 지난날의 사건이 주마등처럼 펼쳐지고 있었다.

유신운이 제압하는 데 성공한 사천성의 황군을 금옥에 차례로 가두고 있던 찰나.

분명히 밝은 별만이 가득하던 창공에 갑자기 벼락이 쏟아지는 굉음과 함께 어지럽게 뒤틀리기 시작했다.

그리고 곧 나타난 의문의 틈새 속에서 일단의 무리가 떨어져 내렸다.

다행히도 이상을 확인하자마자 섬전처럼 몸을 날린 유신운에 의해 모두가 안전히 구출될 수 있었다.

산산조각이 난 거울 옆으로 엉망진창이 된 청천회의 후기지수들과 황보 가주가 의식을 잃은 채 눕혀졌다.

유신운은 낯빛이 하얗게 질린 그들에게 다가가 그들을 괴롭히던 기운을 모두 제거해 주었다.

그러자 사경을 헤매던 그들이 하나둘씩 깨어났다.

-혀, 혈교주가.

-……회주님.

눈을 뜬 그들은 충격적인 소식을 건넸다.

암약하던 혈교주가 모습을 드러냈다는 것과.

-크윽, 섭웅이!
-……덕광과 여 형이 적들에게 붙잡혔습니다.

덕광과 여득구가 자신들을 희생하여 붙잡혔다는 것.
그리고 자신의 대제자, 섭웅이 혈교주에게 죽음을 맞이했다는 사실이었다.
'……웅아.'
그렇게 다시 한 번 자신의 제자가 죽은 것을 실감하자 그의 가슴에 칼로 찌르는 듯한 고통이 느껴졌다.
그에 정문은 떨리는 눈을 잠시 감았다.
"회주님…… 구금하고 있는 황군은 지금과 마찬가지로 혈을 점한 채 가두어 두면 되겠습니까?"
정문과 마찬가지로 장내의 분위기를 살피던 도진우가 회의를 시작하였다.
그는 현재 그들이 직면한 문제 사안들을 하나하나 짚어 가기 시작했다. 붙잡은 황군의 처우, 소림과 무당을 비롯하여 수없이 많이 발생한 생존자들의 수습 그리고 제갈세가의 변절에 대한 것까지.
투다다다.
그러던 그때, 갑자기 바깥이 소란스러워졌다.

여러 명의 발소리가 시끄럽게 울려 퍼지더니, 곧 일단의 무리가 대전으로 들어왔다.

"회주님─!"

그들은 다름 아닌 다시금 정신을 잃고 혼절했던 태일과 남궁호를 비롯한 청천회의 후기지수들이었다.

처음보다는 나아져 있었지만, 그들의 안색은 지금도 완벽히 회복되지 않은 것임을 쉽게 알 수 있었다.

"회주님, 이제 덕광과 여 형의 처형까지 이틀밖에는 남지 않았습니다."

"지금이라도 빨리 구출조를 조직해서 황궁에 침투해야 합니다. 명령을 내려 주십시오."

그들은 지금까지 도진우가 애써 말을 꺼내고 있지 않던 사안을 입에 올리고 있었다.

유신운은 흥분한 그들을 바라보며 아무런 대답도 하지 않았다.

그러자 도진우가 대신 말을 꺼냈다.

"……안 됩니다. 두 사람의 처형식은 대놓고 저희를 도발하는 것이나 마찬가지입니다."

"대관절 그게 무슨 말씀이십니까!"

남궁호가 도진우를 죽일 듯이 노려보며 말을 소리쳤다.

다른 이들 또한 말은 하지 않았지만, 같은 심정을 지니고 있었다.

오래 함께한 지우(知友)의 죽음을 눈앞에서 본 그들은 눈에 보이는 것이 없었다.

하지만 그런 그들의 말과 행동에도 도진우는 물러서지 않았다.

"한순간의 감정에 흔들리시면 안 됩니다. 황궁에 침투하게 되면 정말로 우리 스스로 역적임을 증명하게 되는 꼴입니다. 빠져나올 활로가 아예 없어지고 맙니다."

도진우의 말은 몹시도 냉혹했지만 지극히 현실적이었다.

현재 황실은 확실한 증거와 명분이 없는 탓에 적극적으로 전쟁으로 격화시키지는 못하고 있는 시점이었다.

이런 와중에 유신운이 황궁에 침입해 두 사람을 구하고자 시도한다면 확실한 명분을 주는 꼴이 되는 것이었다.

그럴 경우, 작금의 상황이 최악으로 치달을 수 있었다.

"……그게 무슨 말씀이십니까."

"그 말은 두 사람을 버리자는 것과 다름없습니다!"

"안타깝지만 대의를 위해 포기할 수밖에는……."

"대체 사람의 목숨에 크고 작음이 어디에 있습니까!"

도진우와 후기지수들간의 갈등이 격화되는 찰나, 상황을 지켜보고 있던 정문이 일갈을 토해냈다.

"그만해라! 진정들 하지 못하겠느냐!"

"문주님!"

"……하지만!"

"지금 가족을 잃은 것은 너희뿐이 아니다."

"……아."

정문의 말에 후기지수들 모두가 짧은 탄식을 토해 내었다.

그들을 말리는 정문의 손이 파르르 떨리고 있었다.

죽음을 맞이한 섭웅은 단순한 제자가 아닌 그의 아들이나 다름없었다.

가장 복수심에 차올라 있을 그조차 두 사람을 구하려다가 더 큰 피바람을 불러일으킬까 싶어 한계 이상의 인내심을 발휘하고 있다는 사실을 뒤늦게 깨달은 것이다.

"……죄송합니다."

"……아닙니다. 다만 저 또한 마음으로는 이미 두 분을 구출하고 싶음을 알아주셨으면 합니다."

조금은 진정이 된 후기지수들과 도진우가 서로 차분히 대화를 나누었다.

누가 맞고 누가 틀렸다고 할 수 없는 사안이었기에, 이 서글픈 상황을 지켜보는 모두의 눈에 슬픈 감정이 깃들어 있었다.

─유 가주님, 저희와의 약속을 지키면 판세를 뒤집을 수 있어요.

─교주님이 회복하여 도움을 주신다면 이 환란을 해결할 수 있을 겁니다.

이런 상황 속에서 유신운의 귓전에 남들 몰래 전음을 보내고 있는 이들 또한 있었다.

인피면구를 쓴 채, 낭인들의 편에 서있던 마교의 소교주 천서린과 주태명이었다. 그들은 유신운에게 약조대로 천산으로 함께 향하자고 계속하여 설득하고 있었다.

사실 현재 상황에서 마교의 도움을 얻는 것이 가장 좋은 선택이기는 하였다. 혈교조차도 마지막의 마지막에 해치운 세력이 다름 아닌 마교였으니까.

그러나 마교가 존재하는 십만대산과 황궁이 위치한 하북성의 북경은 완전히 끝과 끝이었다.

다만 한쪽을 택한다면 다른 한쪽을 절대 갈 수가 없었다.

결국 유신운은 두 사람의 목숨과 마교 중 하나를 택해야만 했다.

다시금 얼어붙은 듯한 침묵이 흐르던 그때.

"나는⋯⋯."

이 모든 상황을 조용히 지켜보고만 있던 유신운이 입을 열었다.

대전에 있는 모두의 시선이 그를 향하고 있었다.

⁂

하북성 북경. 황궁 채륭전(彩隆殿).

채릉전은 오로지 연나라의 황제만이 기거할 수 있는 궁이 었다.

황제를 제외한 그 누구의 침범도 결코 용납되지 않는 절대적인 금역(禁域).

터벅터벅.

하지만 그런 이곳을 마치 제집인양 너무도 태연히 걷고 있는 존재가 있었다.

청룡검의 사망과 함께 금의위가 사라진 현재, 황실을 통째로 집어삼킨 환관들의 세력인 동창의 주인인 제독동창(提督東廠)이자 혈교의 팔령주 중 곤령주(坤靈主)를 맡고 있는 천외총관(天外總管) 주유(周瑜)였다.

주유는 특유의 총총걸음으로 황제의 처소를 향해 나아가고 있었다.

그런 와중에 채릉전의 괴이한 모습이 비치고 있었다.

본래 먼지 한 톨도 존재할 수 없는 채릉전이 원인 모를 음습함과 지독한 냄새로 가득했다.

평상시처럼 상상도 할 수 없는 수많은 파리가 윙윙거리며 허공을 맴돌고 있었다.

으으으.

그러던 그때, 듣는 이의 소름을 돋게 하는 귀음(鬼音)이 울려 퍼졌다.

하지만 주유는 걸음을 멈추지 않고 소리가 나는 쪽으로 다가섰다.

처척.

그가 멈춘 곳에는 황제의 침상이 자리하고 있었다.

그리고 그 침상 위에는 흉측한 몰골로 변해 있는 황제가 누워 있었다.

황제는 검은자위 없이 흰자위만이 남은 눈동자로 발작하 듯 연신 몸을 비틀고 있었다.

"끄으! 으으으!"

지금까지 울려 퍼지던 기이한 음성은 다름 아닌 황제가 내 는 고통에 찬 신음이었다.

하지만 그런 황제를 내려다보는 주유의 눈에는 조금의 걱 정이나 연민도 존재하지 않았다.

"흐흐, 조금만 더 삶을 이어 가 주십시오, 폐하. 아직은 죽 을 때가 오지 않았습니다."

당장이라도 숨을 거두어도 이상하지 않은 모습의 황제를 감정 없는 시선으로 바라보며, 주유가 소름끼치는 웃음소리 를 내고 있었다.

황제의 상태가 최악을 향해 치닫고 있는 것을 확인한 그는 만족한 표정으로 앞에 놓여 있던 의자에 털썩 앉았다.

그런 그의 뇌리에 채륭전에 오기 전, 담천군과 나누었던 대화들이 천천히 떠오르기 시작했다.

─……아직 선계의 상황이 완전히 끝나지 않았다. 이령주가 지지부진한 모양이라, 교주님께서 직접 그곳을 장악하시고 다시 돌아오실 것이다.

　─호오, 그럼 그 시간 동안, 저는 백운세가와 유신운을 제압해 놓으란 뜻이시겠군요.

　─……그래, 어차피 우리가 명분을 지니고 있는 싸움이다. 해결할 수 있겠지?

　─흥흥, 힘들 것이 무에 있겠습니까. 황궁에 온다면 역적이 되는 것이고, 오지 않는다면 말라 죽어 갈 것인데요.

　스아아! 촤아아아!

　순간, 주유의 전신에서 위험하기 짝이 없는 기운이 미쳐 날뛰기 시작했다.

　오염된 마나와 함께 짙은 살기가 넘실거리고 있었다.

　'쯔쯧, 언제까지 자신이 우리들의 위에 있다고 생각하는 것인지…….'

　아직도 자신에게 상급자처럼 명령하는 담천군을 떠올리며 주유가 분노를 토해 내고 있었던 것이다.

　하지만 그것도 잠시 곧 공간을 잠식했던 그의 살기가 서서히 가라앉았다.

　"……이번 전쟁이 끝나면 당신도 결국 내 밑에 무릎 꿇게 되겠죠. 이 치욕의 대가는 그때 치르게 해 주겠어요."

현재 담천군의 확고했던 입지는 많이 흔들리고 있었다.

어쩔 수 없었다.

'지금의 사태에 그대의 잘못이 없다고는 할 수 없겠죠.'

무림맹의 분열을 제대로 막지 못한 데다가, 유신운에 대한 잘못된 파악 때문에 사파련의 멸문까지 가져온 상황이었으니까.

그리고 이런 사태까지 진행된 것은 주유의 계략도 꽤나 주효했다.

'흥흥, 북리겸 그자가 나에게 참으로 좋은 선물을 주고 떠났군요.'

제압한 청룡검 유자량을 북리겸에게 은밀히 넘겨주며, 그는 담천군의 정검맹보다 자신이 장악한 황궁이 무림 정벌에 돋보일 수 있는 판세를 만들었던 것이다.

그는 이틀 후의 처형식을 몹시도 기대하고 있었다.

소림과 무당의 멸문으로 이미 땅에 떨어진 정파인들과 백운세가의 사기를 지하까지 곤두박질치게 할 수 있기 때문이었다.

양민들을 비롯해 수하 무사들의 신뢰가 완전히 붕괴한 그때가 바로 백운세가가 멸문하는 날이 되리라.

그는 황금빛의 화려한 의자의 장식을 어루만졌다.

'멀지 않았네요. 인세의 모든 것이 내 것이 될 날이 말이에요.'

그는 환관의 신분을 벗어나 직접 황제의 자리에 오르는 것을 바라고 있었다.

주유의 눈에 소름 끼치는 탐욕이 넘치고 있었다.

공개 처형 하루 전, 황궁 구금천옥(九禁天獄).

어둠에 휩싸인 곳곳에서 고통에 찬 끔찍한 신음이 흘러나오고 있었다.

한 번 갇히면 영원히 빛을 보지 못한다는 최흉의 감옥, 구금천옥에 갇힌 옥수(獄囚)들이 내는 비명이었다.

그런 구금천옥에서도 가장 깊은 곳에서 한 옥수의 고문이 자행되고 있었다.

"후욱, 후우."

고문을 이어 가던 양 첩형이 거친 숨을 몰아쉬며 동작을 멈췄다.

그의 손에 들린 날카로운 톱날이 달린 채찍에서 핏물이 뚝뚝 떨어지고 있었다.

양 첩형은 동창에서 제독태감 바로 아래의 권력을 쥐고 있는 두 명의 첩형(貼刑) 중 하나였다.

흑시에 파견되었던 전 상급자가 죽음을 맞이한 후 새롭게 자리에 오른 그는, 지독하리만큼 잔혹한 성정으로 유명한 인물이었다.

양 첩형은 서릿발 같은 눈빛을 쏘아 내며 옥수에게 다가갔다. 온몸에 크고 작은 상처가 가득한 덕광이 양손과 양발에 족쇄가 달린 채 허공에 묶여 있었다.

"정말이지, 벌레 같은 놈이 고집 하나는 대단하구나."

순간, 양 첩형이 우악스럽게 덕광의 양 볼을 손으로 움켜 쥐었다.

"크윽."

그러자 정신을 잃고 있던 덕광이 고통에 신음을 흘렸다.

하지만 양 첩형은 연민 따위는 조금도 담기지 않은 모습으로 덕광을 향해 거칠게 소리쳤다.

"빨리 말해라! 유신운이 숨기고 있는 비밀이 무엇이냐!"

쐐애액! 촤아악!

다시금 거친 채찍질이 시작되었다.

톱날에 살점이 뜯겨 나가는 섬뜩한 소리가 울려 퍼졌다.

본래 양민들에게 공개된 처형식 때문에 고문은 최대한 피하라는 지시가 들어와 있었지만.

출세욕에 미친 양 첩형은 그런 지시를 무시하고 도움이 될 정보를 획득하기 위해 끔찍한 고문을 행하고 있었다.

하지만 지금까지 끝없이 이어진 고문에도 덕광은 아무런 말도 하지 않고 있었다. 자신이 예상한 대로 상황이 흘러가지 않자, 양 첩형의 눈이 점점 사납게 변하고 있었다.

"그래, 어디 한번 그렇게 끝까지 입을 다물고 있어 보거라. 내일 처형식이 열리기 전까지 지옥을 맛보게 해 주마."

그가 채찍을 옆에 서 있던 수하에게 건네고 단장(斷腸)의 고통을 겪게 하는 극독이 담긴 약병을 받았다.

그가 덕광의 입에 억지로 약을 쏟아부으려던 그때였다.

"이봐, 비밀이 뭔지 알고 싶나?"

갑자기 고문이 이루어지던 옆 옥방에서 목소리가 들려왔다.

'……저놈은 분명?'

시선을 돌린 양 첩형의 눈이 게슴츠레하게 떠졌다.

옆 옥방에는 죽일 방법이 없으니 가두어 놓기만 하라고 지시받았던 반요가 자신을 바라보고 있었다.

"귓구멍이 막혔나? 알고 싶냐고."

반말을 지껄이는 놈을 보자 양 첩형은 살심이 차올랐지만, 이내 표정 관리를 하며 말을 꺼냈다.

"여기 똑똑한 놈이 하나 있었군. 그래, 어디 한번 말해 보거라. 큰 건이라면 내가 제독께 너의 사면을 직접 건의해 주마."

"흐음, 그럼 이리 가까이 와 봐라. 제대로 말해 줄 테니."

여득구의 대답에 양 첩형이 옆 옥방으로 이동했다.

여득구 또한 요기를 막는 특수한 족쇄로 양발과 양손을 제압당한 상태였기에 양 첩형은 가까이 다가갔다.

"자, 그럼 말해 보거라."

"조금만 더 가까이 와 봐."

"……지금 보다 더 말이냐?"

"그래그래. 조금 더. 아니, 조금만 더."

양 첩형은 여우에게 홀리기라도 한 것처럼, 한 걸음씩 한 걸음씩 여득구에게 가까워졌다.

그러다가 드디어 코앞까지 당도하자.

"에라잇!"

퍽!

"크악!"

여득구가 자신의 머리로 양 첩형의 얼굴을 받아 버렸다.

"흐억!"

"처, 첩형님!"

주변의 수하들이 양 첩형에게 달려와 호들갑을 떨었다.

하지만 양 첩형은 그런 것을 신경 쓸 겨를이 없었다.

그는 피가 철철 쏟아지는 자신의 코를 움켜잡은 채 고통에 찬 신음을 흘리고 있었다.

"하하하! 우리 형님은 이렇게 너 같이 우매한 놈들을 골려 주길 좋아하신다. 잘 기억해 두거라!"

"크아아! 이 개자식이!"

분노로 눈이 돈 양 첩형이 추한 꼴로 여득구에게 채찍을 휘두르기 시작했다.

"하하, 어디 몸에 파리가 앉았나! 간지럽기만 하구나!"

하지만 여득구는 쏟아지는 채찍질에도 신음 하나를 내지

않고 웃음만 터뜨렸다.

그러자 먼저 지친 것은 양 첩형 쪽이었다.

"으아아!"

놈이 자신의 성질을 이기지 못하고 채찍을 옥방의 벽에 거칠게 던져 버리곤 밖으로 나가 버렸다.

완전히 놈들이 사라진 것을 확인한 여득구는 웃음을 멈추고는 옆방의 축 늘어진 덕광에게 말을 건넸다.

"후…… 빡빡아, 살아 있냐?"

여득구의 눈에 걱정이 가득 담겨 있었다.

순간, 고문을 당할 때까지만 하더라도 제정신이 아니었던 덕광의 눈에 본래의 빛이 돌아왔다.

"쿨럭, 시주……. 저번에 말씀드렸지만, 자꾸 그리 부르시면 극락왕생은 못 하십니다."

"클클, 주둥이가 살아 있는 걸 보니 아직 살 만한가 보구나."

걱정과 달리 덕광이 아직 기운이 남아 있는 것을 확인한 여득구가 키득거리며 말을 건넸다.

그에 덕광은 고개를 돌려 여득구를 바라보다가, 이내 한숨을 내쉬며 나직하게 말했다.

"……감사합니다."

"뭐가 말이냐."

"제가 안 맞게끔 여형이 일부러 놈을 도발하신 거잖습니까."

"……."

덕광의 말에 여득구가 다른 대답 없이 머쓱해했다.

그랬다.

덕광의 말대로 여득구는 일부러 양 첩형을 도발해서 자신에게 고문이 이루어지게끔 노린 것이었다.

죽지 못할 뿐이지, 고통은 그대로 느끼는 것을 알기에 덕광은 여득구에 대한 고마움과 미안함을 동시에 느끼고 있었다.

"……이보시오."

침묵이 이어지던 그때였다.

갑자기 두 사람에게 다른 옥방의 누군가가 말을 건네 왔다.

"무슨 일입니까."

"……하나만 좀 물어도 되겠소?"

덕광이 의아해하던 찰나, 또 다른 옥방에서 질문이 이어졌다.

"대영반(大領班)께선…… 정말로 돌아가신 겁니까?"

금의위의 수장을 칭하는 대영반.

즉 청룡검 유자량을 뜻하는 말이었다.

'아아.'

그제야 덕광은 그들이 누군지 알 수 있었다.

성한 곳이 하나 없어 보이는 그들은 다름 아닌 금의위의 위사들이었던 것이다.

덕광은 안타까워하며 말을 꺼냈다.

"우리도 정확한 것은 모르……."

"끌려오던 중에 들어 보니 확실히 죽었다고 하더군."

"……!"

"여 형!"

여득구의 말에 위사들의 눈에 참을 수 없는 슬픔이 담겼다.

그런 그들의 모습에 덕광의 안색도 어두워졌다.

'……스승님.'

겨우 진정시켰던 가슴이 다시금 터질 것만 같았다.

그 또한 스승의 죽음과 사문의 멸문을 알게 된 후, 느낀 슬픔과 절망감을 억지로 억누르고 있었기 때문이었다.

소중한 이의 죽음에 위사들과 덕광이 소리 없이 절망하던 그때였다.

"이미 죽은 사람에게 미련을 갖지 마라. 어차피 돌아올 수 없는 작자들이니."

여득구의 말에도 덕광과 위사들은 울컥하는 마음을 숨기지 못했다.

그러나 여득구는 그런 모습에도 조금도 물러서지 않고 말을 이어 갔다.

"그리고 죽상들 좀 펴라. 죽은 이가 네놈들이 그리 슬픔에 허우적거리는 걸 바라고 있지는 않을 테니까 말이다."

'아아.'

덕광은 뒤늦게나마 여득구가 본인만의 화법으로 그들을 다독이고 있음을 깨달았다.

"그렇게 절망할 시간에 조금이라도 발버둥 칠 힘이나 비축해 놓거라."

뜻을 알 수 없는 여득구의 말에 위사들이 의아해하였다.

"이미 죽은 목숨인데 발버둥을 칠 게 무어 있겠소."

"혹여 이곳을 빠져나갈 수 있으리라 생각하는 거요?"

그에 여득구와 덕광이 서로를 바라보며 피식 웃곤 동시에 말했다.

"제발 안 오셨으면 좋겠지만……."

"분명히 오실 테지."

위사들은 당혹감을 숨기지 못했다.

당장 처형식이 내일 거행되는 이 판국에 두 사람은 백운세가의 가주가 구하러 올 것이라는 말도 안 되는 망상을 확신하고 있었기 때문이었다.

"그러니까 어떻게든 정신을 붙들고 있으라고. 네놈들도 내일 같이 날뛸 수 있게끔 한마디는 해 줄 테니까."

이어진 여득구의 말에 위사들은 그저 계속된 고문에 미친 것으로 생각하고는 다시금 말이 없어졌다.

❧

이튿날, 처형일.

해가 뜨자마자 구금천옥에 갇혀 있던 덕광과 위사들이 포승줄에 단단히 묶여 처형장으로 이송되었다.

여득구는 제외한 채였다.

평범한 무기로는 죽일 수 없기 때문이었다.

동창은 무고한 다른 죄수의 목에 여득구의 명표를 붙여 이송하게끔 했다.

처형장은 이전과 달리 수많은 사람들이 오고 가는 저잣거리 한복판에 세워졌다.

"아이고, 아무리 그래도 저렇게까지……!"

"휴우, 스님은 잘 걷지도 못하시는구면."

손과 발이 족쇄에 묶인 채, 피투성이가 된 죄인들을 바라보는 양민들의 눈에는 동정의 빛이 담겨 있었다.

평범한 삶을 사는 그들 또한 이 모든 일이 황실에 변고가 생긴 탓에 발생한 일임을 모르지 않았다.

그만큼 동창의 제독, 주유에 대한 악명은 북경 전역에 퍼져 있었다.

처형식의 모든 것을 주관하는 것은 양 첩형이었다.

높다란 단상의 의자에 앉은 양 첩형이 수하 중 한 명에게 고갯짓하자, 군사들이 비틀거리고 있는 죄인들에게 다가갔다.

"꿇어라!"

"크윽!"

"컥!"

군사들이 덕광과 위사들을 거칠게 무릎 꿇렸다.

털썩 주저앉은 위사들이 고개를 들어 양 첩형을 노려보았다.

그 모습을 보며 양 첩형은 기고만장하며 비릿한 미소를 지어 보였다.

'시건방진 금의위 놈들. 항상 우리를 환관이라 무시하더니, 꼴좋구나.'

청룡검 유자량이 살아 있을 당시, 항상 금의위들에게 무시받았던 분노가 차오르고 있었다.

그러던 그때, 양 첩형이 일갈을 토해 냈다.

"뭘 기다리느냐! 감히 황제 폐하를 향해 칼을 든 역적 무리다! 당장 형을 집행하라!"

둥둥!

두둥!

양 첩형의 명령에 북소리가 울려 퍼졌다.

커다란 칼을 든 망나니가 운율에 맞춰 몸을 흔들기 시작했다.

덕광은 자신에게 천천히 다가오는 망나니를 바라보며 두 눈을 질끈 감았다.

'잘 선택하셨습니다, 회주님. 부디 혈교를 해치우고 강호에 평화를 가져와 주십시오.'

그리곤 마지막으로 진심을 다해 유신운의 안녕을 바랐다.

"쳐라!"

양 첩형이 소리를 내지르던 그때!

꽈르르릉! 콰가가!

귀청이 떨어지는 굉음과 함께 갑자기 한 줄기 벼락이 처형장에 내리꽂혔다.

그에 덕광이 깜짝 놀라 감고 있던 눈을 떴다.

털썩!

그러자 그의 앞에 벼락에 맞아 숯처럼 시커멓게 변한 망나니가 힘을 잃고 쓰러졌다.

'이게 무슨?'

이 갑작스러운 사태에 양 첩형을 비롯한 모든 이들이 당황했다.

방금 전까지만 하더라도 구름 한 점 없이 맑았던 하늘에서 벼락이라니.

"허헉!"

"저, 저게 뭐야!"

한데 이번에는 처형을 지켜보던 군중들 쪽에서 소란이 이어졌다.

그들은 전부 믿을 수 없다는 듯 입을 쩍 벌린 채, 손가락으로 창공을 가리키고 있었다.

순간, 덕광 또한 그들이 바라보는 방향으로 고개를 돌렸다.

그리고.

씨익.

하늘을 올려다본 덕광의 표정에 환한 미소가 떠올랐다.

"요, 용이다!"

"천군(天君)님이 강림하셨다!"

콰르르릉!

콰르르!

하늘 위에는 뼈만 남은 거대한 용.

그리고 그 용의 등에는 뇌기가 일렁이는 창을 쥔 유신운이 자리하고 있었다.

양 첩형이 어찌할 바를 모르고 있던 그때.

"환관 주유가 천하를 어지럽게 하니, 천존께서 노하셨도다! 이 몸이 천존의 뜻을 받들어 악적을 따르는 이들에게 심판을 내리겠노라!"

유신운이 기운을 가득 담아 사자후를 터뜨렸다.

"나는 두 명을 구하러 간다."

청천회의 후기지수들을 포함한 대전에 모인 모두가 예상치 못한 유신운의 말에 당황의 감정을 숨기지 못하였다.

"예?"

"그, 그게 무슨 말씀이십니까?"

도진우와 노대웅이 말을 마치자마자 의자에서 일어난 유신운의 앞을 가로막으며 말을 꺼냈다.

"비켜라. 내 방심으로 인해 이미 제자를 하나 잃었다. 더이상의 희생은 없다. 나 혼자 해결하고 올 것이다."

"……홀로 황궁까지 가신다는 말씀이십니까?"

"가주님!"

"그건 말도 안 됩니다!"

유신운의 의지를 확인한 백운세가의 수하들은 필사적으로 그를 가로막았다.

쿠웅!

"그만! 더 이상의 이견은 금하겠다."

그러자 유신운이 발을 구르며 충격파를 쏟아 내어 자신을 가로막는 이들을 뒤로 물러서게 만들었다.

주군의 너무나 확고한 의지를 꺾을 수 없다고 생각한 그들은 침음을 흘리며 고개를 숙였다.

유신운은 성큼성큼 앞으로 걸어 나가자 부복하고 있는 청천회의 후기지수들과 마주했다.

"걱정하지 말거라. 섭웅, 그 아이를 앗아 간 대가는 놈들에게 톡톡히 치르게 하고 돌아올 터이니."

"……회주님."

청천회의 후기지수들은 유신운의 말과 행동에 감동하여 울컥하는 감정을 숨기지 못하였다.

"문주께서도 조금만 기다려 주십시오. 기필코 웅이의 시신을 수습하여 돌아오겠습니다."

"크흑, 회주."

청성파의 정문이 유신운의 말에 뜨거운 눈물을 흘렸다.

"그동안 너희들은 모두 정검맹과 황군과의 싸움에 집중하고 있도록."

"존명!"

유신운이 문을 나서기 전 마지막으로 소리치자, 대전의 모두가 포권을 하며 예를 갖추었다.

─회주, 우리와의 약조를 저버리시는 겁니까.

─우리를 속인 것이오?

그때 마교의 천서린과 주태명이 배신을 당했다고 생각했는지, 충격을 숨기지 못한 말투로 그에게 추궁을 해 왔다.

─걱정하지 마라. 어차피 구출만 하고 빠르게 돌아올 거다. 게다가 너희들에게 빠르게 합류할 '방법'도 생겼고.

─……그게 무슨?

그리고 지금 현재.

"처, 천군이시다."

"아이고, 아이고……!"

처형식을 보러 왔던 양민들이 두려움에 덜덜 떨며 바짝 몸을 엎드렸다.

그들은 감히 유신운을 바라볼 생각조차 하지 못했다.

　양민들의 눈에는 악룡(惡龍)을 타고 있는 유신운이 천존의 명을 받고 강림한 신장(神將)으로 비치고 있었기 때문이었다.

　"신벌(神罰)에 죄 없는 백성들이 화를 당할까 염려되는구나! 모든 백성은 빨리 자리를 피하라!"

　"예, 예!"

　유신운이 다시금 사자후를 터뜨리자, 양민들이 뒤도 안 돌아보고 자리를 피하기 시작했다.

　'좋아, 제대로 소문이 퍼지겠군.'

　그 모습을 보며 유신운은 회심의 미소를 지어 보였다.

　청천회의 수하들은 혈교의 괴물들과 유신운의 소환수들 덕에 조금은 적응이 되어 있는 상태이지만.

　이 세계의 일반적인 주민들은 비이성적인 상황이 펼쳐지면 모든 것을 신과 연관시켰다.

　'명분이 없으면 만들면 그만이지.'

　저들은 강호 전역에 소문을 퍼뜨릴 것이다. 황실과 환관 주유가 하늘의 뜻을 거스르는 대죄(大罪)를 지었다고 말이다.

　황제의 명보다 지엄한 명분, 그건 신(神)의 의지였다.

　콰르르릉! 콰아아앙!

　유신운의 삼첨도를 높이 들자 다시 한번 하늘이 무너질 듯한 뇌성벽력이 터져 나왔다.

　"으으으……."

무림세가
전생검神

"야, 양 첩형님. 이 일을 어찌하면 좋습니까!"

"이 멍청한 놈들아! 저따위 같잖은 수작을 믿는 것이냐!"

양 첩형은 잔뜩 겁에 질린 수하들이 어쩔 줄을 몰라 하자, 수하의 뒤통수를 세게 후려갈기며 악을 질러 댔다.

"뭣들 하고 있어! 전부 다 쏴!"

양 첩형의 명령에 수하들이 천군에 대한 두려움을 꾹 참고 활시위를 당기기 시작했다.

쐐애액!

촤아아아!

바람이 찢어지는 파공성과 함께 하늘을 뒤덮는 무수한 화살이 유신운에게 쏟아졌다.

휘몰아치는 화살들에는 모두 강력한 내기가 담겨 있었다.

"또 이렇게 나라와 싸우게 될 줄은 몰랐군."

유신운이 혼잣말을 뇌까렸다.

전생에서 그리핀의 본사를 습격하던 그날이 떠올랐다.

부우웅!

콰가가가!

유신운이 삼첨도를 머리 위로 들어 올리며 맹렬히 회전시켰다.

파즈즈즈! 콰르르!

그러자 백색의 뇌기가 폭풍과 합쳐지며 모든 것을 태워 버릴 기세로 높이 솟아올랐다.

'저, 저게 무슨?'

적의 말 그대로 천군과 같은 장엄한 모습을 확인한 양 첩형의 두 눈이 지진이라도 난 듯이 흔들렸다.

뇌운십이겸 신운류.

보패혼합기.

겁뢰(劫雷) + 천뢰융파(天雷隆波).

파천겁뢰(波天劫雷).

콰르르릉!

콰가가가가!

하늘이 무너지는 듯한 굉음과 함께 파천겁뢰의 뇌기폭풍이 그대로 낙하했다.

타드드드!

화르륵!

뇌기폭풍이 집어삼킨 화살 무리가 흔적도 남지 않고 재가되어 사라졌다.

"으아아!"

"도, 도망쳐!"

자신들을 향해 내리꽂히는 뇌기폭풍을 확인한 황군들이 허둥지둥하며 자리를 피하기 시작했다.

'주, 죽는다.'

양 첩형 또한 품에서 거무튀튀한 철선(鐵扇)을 꺼내어 내기로 호신방벽을 쳤다.

콰르릉!

콰가가가!

"크어어!"

"······끅!"

이윽고 파천겹뢰가 도망치던 적들을 습격했다.

백색의 뇌전에 휩싸인 그들은 순식간에 온몸이 새까맣게 타들어 갔다.

그리고 동시에 칼날 같은 바람에 사지가 갈가리 찢겨 나갔다.

시체의 파편이 사방에 흩날리며 혈우(血雨)가 시야를 덮을 정도로 흘러내렸다.

"끄으으."

"으으!"

전의를 상실할 정도의 파괴력이었다.

양 첩형의 화려했던 옷이 피와 먼지로 엉망이 되어 있었다.

'끄, 끝인가?'

겨우 유신운의 공격을 막아 낸 그는 침을 꿀꺽 삼키며 하늘을 올려다보았다.

하지만 그는 정말로 몰랐다.

방금 유신운의 공격은 단순히 다음 일격을 위한 준비 시간을 벌어주기 위한 가벼운 견제에 불과함을.

　스아아아! 우우웅!

　유신운의 본신에서 흘러넘치던 조화신기가 어느새 타고 있던 본 드래곤에게 빠르게 스며들어 가기 시작했다.

　"역적이 되길 원한다면 까짓것 제대로 돼 주마."

　우우웅! 우웅!

　본 드래곤이 입을 벌리자 그 속에서 가공할 기운의 와류가 휘몰아치기 시작했다.

　'마, 말도 안 돼.'

　양 첩형이 하늘에서 느껴지는 막대한 기운에 몸을 벌벌 떨었다.

　전생의 유신운을 아는 적들이라면 뒤도 돌아보지 않고 도망갔으리라.

　그들은 다음 순간 이어질 공격이 무엇인지 알고 있기 때문이었다.

　"날려 버려."

　유신운의 한마디와 함께.

　콰아아아! 콰가가가강!

　본 드래곤이 지닌 모든 기운을 응집하여 쏘아 내는 '드래곤 브레스'가 적들을 향해 뿜어졌다.

　숨결이라는 부드러운 이름의 힘이었지만.

"끄, 어어어!"

"크아악!"

드래곤 브레스에 직격당한 적들은 파천겁뢰에 당했을 때와는 비교가 안 되는 막중한 피해를 입고 있었다.

말 그대로 지엄한 신의 심판이 내려지는 모습이 펼쳐졌다.

단 두 번의 공격이었지만 그것만으로도 처형장은 폐허 그 자체가 되어 있었다.

처척.

지독한 혈향이 퍼져 있는 처형장에 유신운이 착지했다.

유신운은 한 걸음에 유일하게 어떤 피해도 없이 이전의 모습과 그대로인 덕광과 금의위 위사들이 무릎을 꿇고 있는 곳까지 나아갔다.

"쿨럭, 뭐 하러 오셨습니까."

"······그래, 그냥 뒈지게 내버려 둘 걸 그랬구나."

덕광이 최대한 평온한 척을 하며 유신운에게 말을 건네자, 유신운이 농을 건넸다.

하지만 고문으로 인해 망신창이가 된 덕광의 몰골을 확인한 유신운의 전신에서 참을 수 없는 분노가 흘러넘치고 있었다.

"여득구는 아직 천옥에 있는 거냐."

"예."

"혈교주 또한 황궁에 있느냐."

멀리 보이는 황궁을 노려보며 유신운이 덕광에게 물었다.

유신운은 혈교주와의 일전을 불사할 각오로 이곳에 온 상태였다.

하지만 덕광은 고개를 가로저었다.

"아닙니다. 그자는 저희를 감금시키고는 담천군과 함께 어딘가로 이동했습니다."

"……혈교주가 없다고?"

혈교주가 없다는 의외의 대답을 듣자 유신운이 고개를 갸웃거렸다.

하지만 그것도 잠시.

유신운의 머릿속에 새로운 계획이 번뜩이고 있었다.

'호오, 이것 봐라? 이렇게 되면……!'

본래의 목적은 여득구와 덕광을 구출하고 바로 돌아가는 것이었지만.

"좋아, 그럼 제대로 날뛰어도 되겠군."

"……예?"

유신운이 회심의 미소를 지으며 말을 꺼냈다.

당황하는 덕광을 뒤로 하고 유신운은 당초의 계획을 수정하였다.

'판도를 뒤흔들어 주지.'

그리 생각하며 유신운이 덕광의 부상을 호백희원과 침술로 회복시키던 그때였다.

"……이보시오."

"뭐냐."

포박되어 있던 금의위의 위사들이 유신운을 불렀다.

"청룡검을 따르던 위사들입니다."

정체를 모르는 유신운에게 덕광이 그들에 대한 설명을 덧붙였다.

"……그대는 황궁으로 갈 것이오?"

"그래. 왜, 그 상태로 막기라도 하려는 거냐?"

"아니오. 우리도 힘이 되게 해 주시오."

금의위들은 눈앞의 상대가 어젯밤 덕광과 여득구가 말했던 구하러 온다던 주인임을 알아차렸다.

그러자 자신들도 계획에 동참하게끔 부탁을 한 것이었다.

'……흐음, 청룡검이 황제와 이들을 부탁하긴 했지만.'

유신운은 위사들의 말에 잠시 고민을 하다가 신중한 태도로 말을 꺼냈다.

"미리 말해 둘 게 있다. 난 천존의 사자가 아니다. 놈과 놈의 뒤에 암약하는 놈들을 해치우기 위해 얻은 내 힘은 너희들의 기준에는 악(惡)에 가깝다."

"……!"

위사들은 유신운의 말에 그가 타고 온 용을 바라보았다.

뼈로 이루어진 용의 전신에서 마기(魔氣)에 가까운 음험한 힘이 일렁이고 있었다.

"내 힘을 보고 사술이라며 마음이 흔들릴 것 같으면, 난 너희와 함께할 수 없다. 그리고 하나 더."

잠시 숨을 고른 유신운이 다시금 말을 뱉었다.

"난 내 명령에 복종하지 않는 수하가 아니면 뒤를 맡기지 않는다. 나와 함께하려면 황제를 저버리고 나에게 충성을 맹세해라."

"……!"

유신운의 말에 금의위의 눈동자가 파르르 흔들렸다.

평생을 황제를 수호하기 위해 살아온 그들로서는 분명히 쉽지 않은 선택이리라.

하지만 곧이어 고심하던 그들은 이내 질끈 눈을 감으며 말을 꺼냈다.

"……흔들리지 않겠소. 대영반의 원수를 갚을 수 있다면, 그대에게 모든 것을 바치겠소."

"저들이 대영반을 죽인 순간, 우리 모두 삶을 버리고 복수귀(復讎鬼)가 되기로 마음먹었소."

유신운은 고개를 숙여 예를 갖추고 있는 그들을 훑어보았다.

촤아아!

서걱!

"좋다, 너희들을 받아 주지."

그들의 진심을 확인한 유신운은 그들을 구속하고 있는 족쇄들을 모두 잘라 내었다.

그러고는 정상의 상태가 아닌 그들을 회복시키기 시작했다.

스아아아!

촤아아!

"……이건?"

"힘이 돌아오고 있어."

덕광과 마찬가지로 선의술의 힘을 받은 그들의 신체 상태가 빠르게 정상의 것으로 돌아오고 있었다.

"싸우려면 무기가 필요하겠지."

그리고 유신운은 거기서 멈추지 않았다.

이번에는 그들을 무장시킬 차례였다.

우우웅!

투두둑!

허공이 어그러지며 발생한 틈에서 피처럼 붉은 칼날의 검들이 쏟아져 내렸다.

혈교에게서 빼앗았던 양산형 보패, 적혈검(赤血劍)이었다.

"……이것들은?"

"들어라. 너희들이 사용할 무기다."

물론 이전과 그대로인 상태는 아니었다.

이곳까지 이동을 하는 동안 유신운에 의해 작동 방법과 효능이 개조되어 있었다.

사용자의 선천진기를 흡수하여 힘을 발휘하던 적혈검은

이제 자신의 것이 아닌 적들의 선천진기를 빼앗아 구동되는 형태로 변형되어 있었다.

콰아아앙!

그때, 멀리서 폭음이 울려 퍼졌다.

무너져 내린 잔해 속에서 몸을 일으킨 양 첩형이 오염된 마나를 쏟아 내고 있었다.

"으아아! 이 개자식들! 모두 은총의 힘을 발휘해!"

드래곤 브레스에 한쪽 팔이 날아간 양 첩형이 살아남은 수하들에게 악을 지르고 있었다. 그와 동시에 오염된 마나를 사용하는 적들이 몬스터의 형태로 변형되었다.

그 참상을 확인한 금의위 위사들이 유신운에게 예를 갖추며 말을 꺼냈다.

"주군, 부디 명령을!"

"아니, 너희들을 이끌 자는 따로 있다."

"……예?"

유신운의 생각지도 않은 말에 위사들이 당혹스러워하던 그때.

"레이즈 데스나이트."

유신운의 시동어와 함께.

조화신기가 요동치며 그의 두 번째 기사가 소환진에서 제 몸을 일으켰다.

스아아아!

촤아아!

지면에 새겨진 소환진에서 칠흑의 갑주를 걸친 기사가 모습을 드러냈다.

'저, 저게 무슨?'

양 첩형이 갑자기 요동치기 시작한 주변의 기운을 느끼고는 당황한 기색을 숨기지 못했다.

심연 같은 어둠만이 내비치는 투구 속에서 서릿발 같은 안광(眼光)이 빛을 발했다.

양 첩형을 비롯한 동창의 당두(檔頭) 50명과 번역(番役) 500명을 훑는 기사의 시선은 오로지 적의와 살의만이 가득했다.

스르릉!

날카로운 금속음과 함께 데스 나이트는 허리 어림의 검갑에서 검을 출수했다.

끼에에!

"끄르르!"

"크으!"

그러자 동시에 검에서 울려 퍼지기 시작한 심령을 뒤흔드는 귀음(鬼音)에 동창의 무사들은 몬스터화가 완료되었음에도 제 귀를 막으며 고통스러워했다.

뺀 든 검 주위를 저주받은 악령(惡靈)들이 휘감고 있었다.

말 그대로 유령검(幽靈劍) 그 자체였다.

하나 금의위의 위사들이 놀란 것은 그들과는 전혀 다른 이유 때문이었다.

'저 기운은 분명히……'

'서, 설마.'

그들은 지진이라도 난 듯이 세차게 흔들리는 눈을 진정할 수 없었다.

그들은 투구 속에서 뿜어지는 안광만으로도 정체불명의 기사가 누구인지 깨달을 수 있었다.

"대, 대영반."

"……정말 대영반이십니까?"

위사들의 목소리가 닿자 데스 나이트가 슬며시 제 고개를 돌렸다.

시선이 마주친 순간 위사들 사이에서 아, 하는 짧은 탄식이 흘러나왔다.

살의와 분노로 가득 차 있던 기사의 눈빛이 그들을 바라보는 순간, 걱정과 미안함으로 바뀌었기 때문이었다.

언제나 엄하게 자신들을 대하면서도 항상 속내에는 따뜻함을 지니고 있던 수장 청룡검 유자량이 모습만 달리하여 자신들의 눈앞에 나타나 있었다.

처척!

처처척!

"대영반을 뵙습니다!"

"뵙습니다!"

선의술에 체력이 완전히 돌아온 위사들이 유자량에게 공손히 예를 갖추었다.

'뭐 역시 말을 안 해도 서로 알아보는군.'

그 모습을 보며 유신운이 만족스러워하며 고개를 끄덕였다.

본래대로라면 현경의 경지인 유자량을 소환수로 삼는 것은 수많은 제약을 담고 있었기에 이리 빠르게 가능한 일이 아니었다.

게다가 스켈레톤이 아닌 데스 나이트로 삼는 것은 더욱 그러했다.

하지만 유신운이 사파련 전투를 마무리 짓고 유자량의 눈을 감겨 주던 그때, 유신운의 눈앞에 일련의 메시지가 떠오르며 모든 것이 해결되었다.

[망자가 자의적으로 당신을 따르길 원합니다.]

[제약이 모두 해제되었습니다.]

[플레이어의 소환수 목록에 '데스 나이트, 유자량'이 추가되었습니다.]

유일랑을 처음 만났을 때처럼 망자의 의지가 강렬했기에

벌어진 기연이었다.

"모조리 죽여 버려!"

그러던 그때, 스파이더 크롤러(Spider Crawler)로 변신한 양 첩형이 수하들에게 명령을 내렸다.

"키에에!"

"크르르!"

투다다다!

인간의 것이 아닌 끔찍한 짐승의 포효를 터뜨리며, 버그베어(Bugbear)로 변화한 동창의 무사들이 데스 나이트와 위사들에게 달려들었다.

본래 신체보다 서너 배는 거대해진 그들의 외견은 곰의 형상을 하고 있었다.

하지만 부패한 온몸에 벌레들과 공생하고 있다는 것이 그들의 괴이함을 보여 주고 있었다.

처척!

그때, 물밀 듯이 쏟아져 오는 적들을 바라보며 데스 나이트가 기수식을 취하였다.

처처척!

스아아아!

그러자 금의위의 위사들도 적혈검에 자신들의 기운을 불어넣으며, 너무나도 익숙한 모습으로 검진을 펼쳐 보였다.

데스 나이트가 된 탓에 아무런 말을 하지 못함에도, 그들은 어느새 하나가 되어 있었다.

"크롸라!"

"하아앗!"

콰가가가!

두 세력이 격돌하며 거대한 폭음이 곳곳에서 울려 퍼지기 시작하였다.

버그베어는 전생의 헌터들 사이에서도 상대하는 난도가 매우 높은 몬스터였다.

콰아앙!

"크윽!"

금의위의 위사 중 하나가 날아드는 버그베어의 앞발을 적 혈검으로 겨우 막아 내며 신음을 흘렸다.

몸이 그대로 밀릴 정도의 압도적으로 강한 근력이나 거대한 덩치와 달리 움직임이 매우 빨랐기 때문이었다.

게다가 까다로운 점은 그뿐이 아니었다.

위이잉!

"크읍!"

놈들의 신체에 공생하는 지독한 독기를 지닌 독충이 동시에 협공해 왔다.

날아드는 버그베어의 공격을 피하는 데에 집중하는 것도 쉬운 일이 아닌데, 빈틈을 노리고 계속 날아드는 독충의 공격은 위사들을 당혹스럽게 만들기에 충분했다.

하지만 이런 상황에서 그들을 버티게 만들어 주고 있는 것은 다름 아닌 유신운이 내준 적혈검이었다.

버그베어들은 오염된 마나로 움직였으나, 본인의 선천진기 또한 중요했다.

선천지기가 굳건하지 않으면 균형이 무너져 폭주하게 되었기 때문이었다.

그런데 유신운이 작동 원리를 변형시킨 적혈검은 상대의 선천지기를 훔쳐 오기에…….

"끄어어어!"

"크아악!"

적혈검은 혈교의 몬스터를 잡는 데에 최적화된 무기로 변화되어 있었다.

푸욱!

서거걱!

"크어어억!"

그러나 유자량은 상황이 전혀 달랐다.

그의 유령검은 너무도 손쉽게 버그베어들의 사지를 베어넘겼다.

혼자서는 안 된다고 판단한 네 마리의 버그베어들이 동시에 달려들어 맹공을 퍼부었지만, 유자량은 검무(劍舞)를 펼치며 놈들의 공격을 모두 무위로 만들었다.

새롭게 얻은 몸에 완벽히 적응한 모습이었다.

"멍청한 놈들! 비켜라!"

파바밧!

그러자 상황을 지켜보던 양 첩형이 전광석화처럼 유자량에게 돌진했다.

거미와 인간을 섞어 놓은 기괴한 형상을 하고 있는 양 첩형의 전신에서 오염된 마나가 미친 듯이 날뛰고 있었다.

"죽엇!"

찰나 만에 유자량의 코앞까지 도착한 양 첩형이 등 뒤로 솟아오른 창날처럼 날카로운 여섯 다리를 유자량에게 날렸다.

쐐애액!

촤아아!

바람이 찢어지는 파공성과 함께 날아드는 창날들에 유자량이 한 줄기 선풍처럼 몸을 움직였다.

푸푸푹!

푸푹!

유자량이 흐르는 물처럼 움직이며 너무나도 자연스럽게 양 첩형의 공경을 피해 내자, 애꿎은 지면에만 구멍이 생겨났다.

그에 양 첩형은 이를 악물며 매섭게 공격을 이어 갔다.

'됐다!'

그렇게 정신을 차리지 못하게 계속 공세를 이어 가던 중에 놈은 유자량의 움직임에서 작은 틈을 발견했다.

"카아악!"

놈은 입에서 거미줄 덩어리를 뱉었다.

상대의 움직임을 봉쇄하는 '바인드 웹'이었다.

쇠뇌의 살처럼 날아간 바인드 웹은 유자량의 오른 발에 적중했다.

엄청난 접착력을 자랑하는 바인드 웹은 유자량의 움직임을 철저히 봉쇄했다.

"뒈져랏!"

제자리에 멈춰선 유자량을 바라보며 회심의 미소를 지어 보인 양 첩형이 온몸에 바람구멍을 낼 기세로 다시 한번 여섯 발을 쏟아 냈다.

"대영반!"

"이, 이런!"

위사들이 탄식을 내뱉던 그때.

'……무슨?'

별안간 양 첩형의 눈빛에 당혹감이 서렸다.

투구 때문에 표정을 볼 수 없지만, 분명히 상대가 웃고 있는 듯한 느낌을 받았기 때문이었다.

"흡!"

순간 그는 본능적으로 죽음의 공포를 느꼈지만, 지금 공격을 멈추기에는 너무 늦은 시점이었다.

화르르륵!

화르르!

그때 유일랑의 전신에서 검은 불꽃이 맹렬히 타오르기 시작했다.

의문의 불꽃은 그의 발을 묶고 있던 바인드 웹을 흔적도 없이 태워 버렸다.

스르르릉!

촤아아!

유자량이 또다시 귀음을 토해 내기 시작한 유령검으로 검초를 펼쳐 내기 시작했다.

검이 허공에 한 필의 붓처럼 움직이며 한 마리의 용을 그려 냈다.

서걱!

서거걱!

"……끄, 그극!"

그리고 용이 거체를 움직일 때마다 양 첩형의 다리가 무참히 잘려 나가며, 녹색 빛의 피를 사방에 흩뿌렸다.

황궁을 수호하는 금의위의 대영반만이 익힐 수 있는 최상승의 절예, 사신청룡검(四神靑龍劍)이 현현된 순간이었다.

생전에 현경의 경지에 올라 우내십존의 자리까지 올랐던 유자량은 데스 나이트가 되며 한 단계 더 높은 경지로 올라서 있었다.

쿠웅!

양 첩형은 팔과 모든 다리가 잘려 나가고 몸통만 남은 끔찍한 모습으로 지면에 엎어졌다.

"끄륵, 꾸르륵."

그는 상상을 초월하는 고통에 눈은 흰자만 남은 채, 입에서 거품만 물고 있었다.

그 모습을 얼음장처럼 차가운 시선으로 바라보던 유자량이 자신의 검을 종으로 그었다.

서거걱!

촤아아!

잘려 나간 양 첩형의 머리가 베어져 저편으로 굴러갔다.

"적장을 물리쳤다!"

"이제 이놈들만 해치우면 우리의 승리다!"

그 모습을 확인한 위사들이 동시에 함성을 터뜨렸다.

기세를 가져오려는 것이었지만, 전장의 상황은 그들에게 결코 유리하지 않았다.

"크어어어!"

"크르르!"

버그베어들은 오히려 통제가 사라지자 미쳐 날뛰었기 때문이었다.

우우웅!

촤아아아!

그러던 그때, 유자량이 자신의 수하들이 고전하고 있는 것

을 보며 기운을 끌어 올려 새롭게 얻은 힘을 발휘하기 시작
했다.

　['데스 나이트, 유자량'의 스킬 '칼의 노래'가 발휘됩니다.]
　['칼의 노래' 스킬의 효과 범위에 있는 모든 아군에게 '흑살
염(黑殺炎)'의 권능이 부여됩니다.]
　['데스 나이트, 유자량'의 스킬 '창의 노래'가 발휘됩니다.]
　['창의 노래' 스킬의 효과 범위에 있는 모든 아군에게 '투기
신(鬪氣身)'의 권능이 부여됩니다.]

　유자량의 권능이 발현된 순간, 전투를 치르던 금의위 위사
들 모두가 깜짝 놀라 제 눈을 끔뻑였다.
　콰아아아!
　콰가가!
　"……이건?"
　"대영반의 힘이 어찌 내게?"
　유자량에게서 흘러든 미지의 기운이 단전에서 끓어 넘치
고 있었다.
　화르르륵!
　화르르!
　그와 동시에 유일랑의 전신에서 타오르던 검은 불꽃이 그
들 또한 감싸기 시작했다.

치이익! 콰가가가!

그들을 휘감은 흑살염이 허공을 날던 독충들을 모조리 불살라 재로 만들어 버렸다.

데스 나이트 유일랑이 홀로 모든 것을 쓸어버리는 돌격대장의 모습이라면.

유자량은 병사들을 완벽히 통솔하며 함께 진격하는 대장군(大將軍) 그 자체였다.

유자량은 전투력도 전투력이지만, 선의술과 비견될 만큼 뛰어난 버프형 스킬을 함께 지니고 있었던 것이다.

"하아앗!"

"타앗!"

독충들을 흑살염으로 처치한 위사들이 그대로 버그베어들에게 자신들의 병기를 휘둘렀다.

서거걱! 서걱!

"끄어어!"

이전과 똑같은 무공을 펼쳤지만, 결과는 확연히 달랐다.

소름끼치는 절삭음과 함께 버그베어들의 사지가 바닥을 나뒹굴었다.

또다른 버프 스킬, 투기신이 발휘된 덕분이었다.

투기신은 전투를 치르는 동안 신체 능력과 잠재력을 극한까지 발휘하게끔 하는 효과를 지니고 있었다.

그렇게 유자량의 버프를 받은 위사들이 맹위를 펼친 덕에 처형장의 싸움은 금세 정리되었다.

처형장에는 동창의 시체만이 가득 쌓여 있었다.

유신운은 그들의 시체를 회수하지 않았다.

자신들이 떠나면 다시금 돌아올 양민들이 괴물로 변한 이들을 확인하길 바랐기 때문이었다.

상황이 정리되자, 유신운은 위사들을 모두 본 드래곤의 등 위에 태웠다.

덕광은 당연히 유신운을 쫓으려는 듯 타지 않고 있었다.

"덕광, 너도 저들과 같이 절강으로 돌아가라."

"예? 그러면 회주님 홀로 황궁에 들어가시겠단 말씀이십······!"

덕광은 말을 마무리하지 못했다.

갑자기 자신의 전신을 휘감은 유신운의 기운이 강제로 그의 몸을 본 드래곤의 등 위로 옮겼기 때문이었다.

"회, 회주님!"

후우욱! 촤아아!

덕광은 당황했지만 주인의 뜻을 알아차린 본 드래곤이 벌써 날갯짓을 시작하며 하늘로 날았다.

'자, 이제 그럼······.'

그 모습을 확인한 유신운이 몸을 돌렸다.

그의 시선에 거대한 황궁의 모습이 들어오고 있었다.

3장

"하하하!"

"크하하!"

언제나 곡소리와 비명만이 가득했던 금옥에, 어울리지 않는 웃음소리가 연신 울려 퍼지고 있었다.

귀청이 떨어질 것 같은 웃음소리를 내고 있는 것은 다름 아닌 여득구였다.

하지만 눈앞에 펼쳐진 상황은 결코 웃음이 흘러나올 만큼 즐겁지 않았다.

"으아아! 시끄러워 죽겠군! 이 빌어먹을 요괴 자식이 왜 자꾸 그리 처웃는 거냐!"

바닥은 여득구의 피로 흥건했고, 그 가운데서 인상을 잔뜩 찌푸린 혈교의 술법사가 위험해 보이는 의식을 치르고 있었기 때문이었다.

금의위의 위사들과 백운세가의 수하가 처형장으로 끌려감과 동시에 진행된 이 의식은 여득구가 지닌 사흉의 힘을 모두 빼앗기 위한 것이었다.

하지만 점점 자신의 기운이 약해지고 있음에도 여득구는 광소(狂笑)만을 거듭하고 있었고, 술법사를 비롯한 간수들의 짜증이 한계에 다다라 있었다.

그러던 그때, 여득구가 광기 어린 시선으로 술법사를 바라보며 말을 꺼냈다.

"도저히 웃음을 참을 수가 없구나. 네놈들의 최후가 다가오고 있는 줄도 모르고 신나 있는 꼴이라니."

"이 미친놈이 도대체 무슨 말을 지껄이는 거야!"

"크큭, 크하하!"

"간수!"

여득구가 다시 광소를 터뜨리자 술법사가 급히 간수를 불렀다. 비틀거리며 다가온 그들이 우악스럽게 여득구의 입에 재갈을 물렸다.

"우읍! 으읍!"

여득구가 발악을 하자 간수들이 살기 어린 눈빛으로 노려보았다.

그런 간수 중 누구 하나 성한 얼굴이 없었다.

그동안 여득구에게 된통 당한 탓이었다.

진상을 부리는 여득구를 바라보며 고개를 가로저은 술법사가 간수들을 향해 물건들을 휙 던져 주었다.

"······이건?"

흉험한 부적이 붙은 권갑들이었다.

"저놈에게 고통을 줄 수 있는 법보들이다. 난 의식의 마무리를 준비할 테니, 그동안 당한 게 많다 들었는데 손이나 봐주라고."

술법사의 의도를 알아차린 간수들의 표정에 밝은 빛이 감돌았다.

"퉤! 이 개자식 그동안 아주 별 패악질을 다 부렸겠다!"

"아주 제대로 밟아 주마!"

누가 먼저라 할 것 없이 권갑에 손을 뻗는 간수들에게서 시선을 돌린 술법사는 눈을 감고 의식을 준비했다.

곧이어 술법사의 입에서 사람의 것이 아닌 목소리가 울려 퍼지기 시작했다.

콰득! 콰지직!

뼈가 부서지고 육신이 뒤틀리는 소리가 울려 퍼졌다.

눈을 감은 채, 술법사는 입꼬리를 비릿하게 말아 올렸다.

'끌끌, 그동안 화가 엄청나게도 쌓였나 보군. 분풀이 한번 제대로 하네.'

의식에 집중하며 시간은 계속 흘러갔다.

콰드득! 끄아아!

'……어라?'

하지만 그는 얼마 지나지 않아 이상을 알아차렸다.

"크아악!"

"끄아아!"

귓가에 울려 퍼지는 고통에 찬 신음은 여득구의 목소리가 아니었던 것이다.

그가 행하던 의식을 뒤로 하고 감고 있던 눈을 번쩍 떴다.

"뭐, 뭐야?"

주변을 둘러본 그는 당혹감을 숨기지 못했다.

여득구를 구타하던 간수들이 감쪽같이 사라져 있었다.

콰드득! 콰직!

"히익!"

뼈와 살점이 뭉개지는 잔혹한 소리가 금옥 너머의 통로에서 들려오고 있었다.

'대, 대체 이게 무슨?'

그가 당황스러워하던 그때, 여득구는 재갈을 문 채로 흉험한 미소를 지어 보였다.

혈교의 술법사는 알 수 없는 불안감을 느끼며 다시금 고개를 돌렸다.

그리고 그가 어둠이 내려앉은 통로 쪽을 바라본 그 순간.

번쩍!

눈을 멀게 할 것 같은 섬광이 번뜩였다.

"……!"

술법사는 깜짝 놀라 소리를 지르려 했지만.

"……끄, 끄끕!"

입에선 왜인지 바람 새는 소리밖에 나오지 않았다.

푸아아!

어느새, 그의 목에 길게 그어진 선에서 피가 쏟아졌다.

'저자는…….'

흐릿해지는 시야 너머로 어둑한 통로에서 한 사내가 걸어오는 것이 보였다.

쿠웅!

숨이 끊어진 술법사가 바닥에 쓰러지자, 금옥 안으로 유신운이 걸어 들어왔다.

유신운은 곧바로 술법사가 치르고 있던 의식의 진을 너무도 손쉽게 해제해 버린 뒤, 여득구의 입을 막고 있던 재갈을 풀어 주었다.

"쿨럭, 너무 늦으……신 것 아닙……니까."

"고생했다."

유신운은 대답과 동시에 조화신기를 여득구의 내부에 흘려보냈다.

역시나 혈교의 의식으로 인해 신체는 쇠약해질 대로 쇠약해져 있었고, 요기는 미쳐 날뛰고 있었다.

"크윽!"

조화신기가 자신을 엿보자 요기가 더욱 거세게 발악했다.

이대로 두었다가는 여득구는 영원히 자아를 잃고 폭주하게 되리라.

'억지로라도 한계를 돌파시켜야 해. 그 방법밖에는 없어.'

유신운은 도박수를 던지는 수밖에 없다고 결론을 내렸다.

스아아!

순간, 유신운의 의지에 따라 조화신기가 요동쳤고.

─야옹?

흑점호가 제 모습을 나타냈다.

유신운은 자신을 부른 영문을 몰라 고개를 갸웃하는 녀석에게 한 가지를 부탁했다.

"흑점아, 저번에 먹었던 기운 있지."

─냐옹!

"미안하지만 그걸 이 녀석한테 전해 줄 수 있겠니?"

─냥냥!

흑점이는 세차게 고개를 가로저었다.

녀석이 양보하기 싫지 않을 만도 했다. 저번에 먹었던 기운이란 다름 아닌 사흉, 혼돈의 힘이었으니까.

유신운이 뾰로통해진 흑점이의 머리를 쓰다듬으며 말했다.

"약속하마. 금방 훨씬 더 맛있는 거로 먹여 주기로."

─……냐앙.

유신운이 저자세로 나오자 흑점이가 풀죽은 모습으로 고개를 끄덕이고는 종종걸음으로 연신 신음을 흘리고 있는 여득구에게 다가갔다.

스아아! 촤아아아!

그 순간, 흑점이의 전신에서 어두운 광채가 흘러나오더니.

곧 녀석의 몸 안에 잠들어 있던 혼돈의 기운이 검은 안개처럼 흘러나와 여득구의 전신에 스며들기 시작했다.

촤아아! 콰가가가!

기운이 쏟아져 내림과 동시에 여득구의 몸이 허공에 떠올랐다.

도철의 요기와 혼돈의 요기가 충돌하며 여득구의 몸 내부에서 거센 파동을 일으키고 있었다.

우우웅! 우우우웅!

'버텨 내야 한다.'

유신운은 이 이상 도와줄 수 있는 것이 없었기에, 복잡한 심경이 담긴 눈빛으로 그런 여득구를 주시할 따름이었다.

하지만 그것도 오래 이어지지 않았다.

촤아아! 파아앗!

황홀한 빛줄기와 함께 여득구는 마치 무인이 환골탈태를 하듯, 모든 혼탁한 찌꺼기를 쏟아 버리고 새로운 존재로 탈바꿈되고 있었다.

[플레이어의 혈족, 여득구가 도철과 혼돈의 힘을 하나로 합치는 데 성공했습니다.]

[플레이어의 혈족, 여득구가 '혼돈'의 '이름'을 찬탈했습니다.]

[플레이어의 혈족, 여득구가 새로운 사흉(四凶)의 좌에 등극했습니다.]

[주의! 사흉의 힘을 이어 받기에 혈족, 여득구의 '격'의 부족합니다.]

[혈족, 여득구가 사흉의 힘을 불완전하게 계승합니다.]

[혈족, 여득구가 '혼돈'의 권능 중 일부만을 이어받았습니다.]

[봉인된 권능은 추후에 '격'의 상승으로 해제될 수 있습니다.]

[보상으로 새로운 칭호, '사흉지주(四凶之主)'를 획득하였습니다.]

[보상으로 '도철의 불완전한 심장'을 손에 넣었습니다.]

마침내 최종 결과가 유신운의 눈앞에 떠올랐다.

"형님, 이게 대체……?"

곧이어 정신을 차린 여득구가 자신의 몸을 내려다보고는 실감이 나지 않는다는 표정으로 말을 꺼냈다.

"축하한다. 네가 이제 새로운 '혼돈'이다."

유신운의 말에 여득구가 경악했다.

한데 그럴 수밖에 없었다.

이렇게 그의 아비이자 원수인 도철과 같은 사흉의 권좌에 오르게 될 줄은 상상도 못 했으니까.

"모두 형님 덕분입니다. 언제나처럼 목숨을 바치겠습니다."

평상시와 다르게 지극한 예를 갖추는 여득구에게 유신운이 고개를 끄덕였다.

'흠, 격의 부족으로 불완전하게 권능과 힘을 계승했다는 말이 걸리지만……'

방법은 이미 나와 있었다.

굴리고 또 굴리면 알아서 성장하는 법이지 않은가.

자신의 어두운 미래는 모른 채, 여득구는 지금의 감동에만 흠뻑 빠져 있었다.

"……그건 그렇고 형님, 이 성질 더럽게 생긴 살쾡이는 뭡니까?"

여득구가 자신을 노려보고 있는 흑점이를 가리키며 말했다.

자신을 살쾡이라 칭하는 여득구가 거슬리는지 흑점이가 이제 대놓고 그르렁거리고 있었다.

"어쭈, 요놈 봐라? 어디서 눈깔을 그렇게 떠……!"

콱!

"끄아악! 이 살쾡이 자식이 감히 날 물어!"

─냐앙!

"아악! 악! 그만 물어! 악!"

흑점이가 여득구에게 달려들더니 이곳저곳을 세차게 깨물어대고 있었다.

'아.'

순간, 유신운은 저 둘이 왜 저리 사이가 좋지 않은지 깨달았다.

본체의 원형이 늑대와 가장 가까운 사흉, 도철.

보는 것과 같이 고양이 그 자체인 흑점이.

원수와 같은 견묘지간이었던 것이다.

"악! 진짜 너 죽인다!"

─냐아!

아직도 생난리를 치고 있는 두 녀석을 바라보며 한숨을 푹 내쉰 유신운은 다음 목적지로 걸음을 옮기고 있었다.

동창제독 주유는 자신의 처소에서 의문의 의식을 거행하고 있었다.

가부좌를 튼 자세 그대로 허공에 반쯤 떠올라 있는 그의 두 눈에선 붉은 혈광(血光)이 뿜어져 나오고 있었다.

그가 수련하고 있는 것은 그 어떤 무공도, 술법도 아니었으며.

그의 전신에 감돌고 있는 기운은 내기도, 마기도 아닌 너무나도 이질적인 힘이었다.

스아아!

그러던 그때, 미쳐 날뛰던 기운이 갈무리되며 주유가 천천히 허공에서 내려앉았다.

"후우."

두 눈이 정상의 빛으로 돌아온 주유는 깊은 숨을 몰아쉬며 터벅터벅 자신의 침상으로 걸어갔다.

그러자 그곳에는 목내이의 모습이 된 여인들의 시체가 널브러져 있었다.

가벼운 손짓으로 시체들을 치워 버린 주유가 침상에서 지금껏 수련한 마서(魔書)를 집어 들었다.

그는 다시 한번 마서의 내용을 훑으며 자신의 수련을 되새겼다.

분명히 적힌 내용과 똑같이 행했음에도, 곧 그의 표정이 와락 구겨졌다.

그 이유는 간단했다.

'……흑시에서 후반부를 제대로 얻었다면, 옥졸(獄卒)뿐 아니라 변성(變成)과도 계약을 할 수 있었을 터이거늘.'

마서의 힘을 얻으면 얻을수록, 나머지 반쪽이 자꾸만 눈앞에 아른거렸기 때문이었다.

'이 모든 게 고 첩형, 그 벌레만도 못한 놈 때문이다.'

주유의 눈에 흉험한 살기가 일렁였다.

고 첩형, 그 멍청한 놈의 구족을 멸했음에도 아직 화가 풀리지를 않았다.

　'쯧, 누구한테 있는지를 알면 무얼 하나. 찾지를 못하는 것을.'

　소신의에 의해 붕괴된 흑시를 뒷수습하며 얻은 정보로는 반쪽의 마서를 호철당의 소당주인 황유신이 가져갔다는 사실은 알아냈다.

　'……교의 힘으로도 흔적조차 찾을 수 없었지.'

　하지만 흑시에서의 사건으로 황유신에 대한 소문이 커지자, 호철당의 당주는 자신의 자식을 다시금 은신처에 가두어 버렸다.

　콰득!

　순간, 그가 손으로 짚고 있던 침상의 장식이 산산조각이 났다.

　주유의 눈에 지독한 살기가 번들거리고 있었다.

　'하지만 이것도 잠시뿐이다. 곧 교주님의 무림 정벌이 시작되면 호철당도 결국 우리의 손에 들어오게 될 터…….'

　그가 훗날의 계획을 세우던 그때였다.

　투다다다!

　갑자기 바깥이 소란스러워졌다.

　평소라면 상상조차 할 수 없는 일이었다.

　소리에 지극히 예민한 주유는 자신의 궁에서 조금만 발소리가 커도 참형으로 다스리기 때문이었다.

숨을 헐떡이며 달려온 두 명의 수하가 연이어 그에게 충격적인 보고를 올렸다.

"제독! 처형장에서 변고가 발생했습니다!"

"태감! 그, 금옥이 뚫렸습니다! 수감되어 있던 반요가 탈출했습니다!"

'무슨?'

하지만 주유는 그들에게 자세한 설명을 들을 새가 없었다.

콰가가강!

땅이 흔들릴 정도로 거대한 폭음이 울려 퍼짐과 동시에.

"⋯⋯!"

열려있는 창 너머로.

연나라 황실의 모든 것이 잠들어 있는 황궁보고(皇宮寶庫)에서 연기가 피어오르고 있었기 때문이었다.

꩜

소식을 듣자마자 주유와 동창의 수하들은 급히 황궁보고로 이동했다.

"내 팔, 내 팔이⋯⋯!"

"끄극!"

그 와중에 곳곳에서 무너져 내린 황궁의 여러 전각과 매몰

된 수하들의 고통에 찬 신음이 들려왔지만, 주유는 조금도 신경 쓰지 않았다.

그따위 것이 눈에 들어올 여유가 없었다.

'……설마. 아니, 말도 안 되는 일이다.'

황궁의 보고에는 아직 혈교로 옮기지 못한 천문학적인 가치의 재화가 잠들어 있었다.

자금줄의 두 축이었던 흑시와 구룡방이 무너진 이 상황에서도 혈교가 자신만만하게 버틸 수 있는 이유.

그것이 바로 황궁의 보고에 잠들어 있는 재물들 때문이었다.

하지만 그 말인즉슨.

이 황궁보고마저 털린다면 혈교는 엄청난 자금난에 빠지게 된다는 뜻이었다. 그리고 그렇게 될 경우, 막중한 책임을 주유 본인이 지어야 하리라.

마침내 도착한 황궁보고의 앞.

"……!"

"이, 이런!"

주유의 수하들이 당혹감을 숨기지 못하고 있었다.

성벽처럼 굳건히 버티고 있던 황궁보고의 두 철문이 폭발에 종잇장처럼 구겨져 있었기 때문이었다.

'빌어먹을!'

산산조각이 난 문틈으로 비치는 텅 빈 보고의 모습에 주유가 속으로 거칠게 욕지거리를 내뱉었다.

도무지 믿기지 않았다.

황궁보고의 철문은 평범한 광물이 아닌, 하늘이 내린 금속이라 전해지는 천강한괴(天鋼寒塊)로 만들어졌다.

천강한괴가 무엇이던가.

절세고수의 검환으로도, 최강의 병기라 일컬어지는 폭벽탄으로도 흠집 하나 나지 않는 최강의 금속이 아니던가.

하지만 천강한괴의 절대 철벽의 신화는 오늘로 막을 내렸다.

수하들은 보고의 안쪽을 살피고 있었지만, 주유는 철문에 남은 폭흔(爆痕)을 자세히 살피고 있었다.

'……폭벽탄? 아니야. 분명히 남은 물건들은 우리가 전부 회수했다. 평범한 폭벽탄으로는 천강한괴에 작은 흠조차 낼 수 없어.'

주유의 머릿속이 복잡해지고 있었다.

그리고 도저히 설명되지 않는 상황은 그에게 크나큰 오해를 불러일으켰다.

'이건 본래의 폭벽탄을 몇 단계는 더 높은 단계로 향상한 물건이다. 놈과 폭벽자가 연이 있을 수 있다는 교의 추측이 사실이었단 말인가!'

혈교는 유신운을 자신들의 적으로 확실히 인지하고부터 그에 대한 모든 것을 철저히 재조사하기 시작했다.

혈교는 처음 백운세가에 벌어진 형제의 난 때 발생한 의문의 폭흔부터, 사파련과의 전쟁에서 발견된 무자비한 폭발의 흔적들에 집중했다.

그러면서 혈교는 유신운의 계속된 승리의 바탕에 폭벽자의 도움이 있을 수 있다는 의심에 도달하게 되었다.

극소수의 생존자들이 흑명왕이 펼친 무공의 흔적이 맞다고 증언했지만 혈교는 믿지 않았다.

그들이 조사한 결과, 그 흔적은 무공으로 만들어 낼 수 있는 범위를 아득히 벗어난 위력이었기 때문이었다.

이립(而立)도 넘지 않은 애송이와 갑자기 나타난 의문의 존재가 담천군과 동등한 힘을 지녔다니.

얼토당토않은 주장이지 않은가.

그렇게 주유의 오해는 걷잡을 수 없이 굴러가 결국 확신의 단계까지 이르고 말았다. 주유가 폭벽자와 유신운을 떠올리며 빠득, 이를 갈고 있던 그때.

"태감! 여, 여기 이런 것이!"

달려오는 수하의 손에 웬 종이 한 장이 들려 있었다.

수하의 손에서 빼앗듯 종이를 낚아챈 주유의 표정에 더한 분노가 솟구쳐 오르고 있었다.

황궁, 별거 없네.

4대 신투, 한왕호.

그 종이에는 또 다른 존재의 이름이 담겨 있었다.

주유는 순간 어질하며 눈앞이 아득해질 지경이었다.

'폭벽자에 이어 이번에는 신투인가! 도대체 왜 이 작자들이 유신운 그놈을 돕는 것이냐!'

폭벽자, 신투.

두 사람 다 그 어떤 이와도 연을 맺지 않고 독행(獨行) 하는 것으로 유명한 자들이지 않은가.

그가 한계까지 분노가 치밀어 오르고 있던 그때.

"태감, 발자국과 냄새를 확인했습니다. 추적이 가능합니다!"

"제독, 본단에 현 상황을 담은 연통을 보낼까요?"

두 수하가 다급히 말을 꺼냈다.

추적이 가능?

본단에 연락?

그러자 퍼뜩 정신이 돌아온 주유의 눈동자에 살기 어린 빛이 깃들었다.

'어떻게 얻은 기회이거늘, 절대 이 기회를 놓칠 순 없다!'

화륵!

이어 그는 손에 쥐고 있던 신투의 종이를 삼매진화로 태워 버렸다.

"연통은 필요 없다! 황궁에는 최소한의 인원만 남긴 채, 금군은 양민들의 소란을 진압한다. 동창은 전원 신투와 유신운의 뒤를 쫓을 것이니 당장 준비하도록!"

"존명!"

그리고 잠시 후.

파바밧!

주유를 포함한 동창의 수하들이 한왕호가 남긴 흔적을 쫓
아 황궁 밖으로 나서고 있었다.

그로부터 반 시진이 지난 시점.

"웬 놈들이……!"

퍼벅! 픽!

"컥!"

찰진 타격음과 동시에, 번을 서고 있던 황궁 무사가 거친
신음을 흘리며 정신을 잃고 픽 쓰러졌다.

"이야! 형님, 놈들이 진짜 속았네요."

황궁 무사를 번쩍 들어 짐짝처럼 던져 버리며 여득구가 곁
에 선 유신운에게 말을 건넸다.

놀랍게도 두 사람은 주유의 추측과 달리 아직도 황궁에 자
리하고 있었다.

"그 두더지 놈이 따라잡히지는 않을까요?"

두더지란 다름 아닌 한왕호를 뜻했다.

"걱정하지 마라. 아무리 동창 놈들이 아무리 용을 써도 놈의 신법을 따라잡지는 못할 테니까."

그에 유신운 또한 달려드는 다른 무사를 손쉽게 쓰러뜨리곤 대답했다.

－평생의 숙원을 이뤘습니다! 감사합니다, 가주!

유신운의 머릿속에 그의 계획에 따라 도주를 하기 전 연신 고개를 숙여 감사를 표하던 한왕호의 모습이 스쳐 지나갔다.

사건의 진상은 이러했다.

여득구를 구출하기 전, 유신운은 미리 지영술을 사용해 황궁 내부에 숨어 있게 했다.

그러곤 자신이 신호를 주면 황궁 곳곳에 사령술과 합쳐 성능을 최대로 강화한 특제 폭벽탄을 터뜨리게끔 명령했다.

폭탄이 폭발하자 유신운은 한왕호와 함께 비고 안으로 침투하였고, 곧장 간이 아공간에 비고의 모든 재화를 털어 넣었다.

속전속결로 일을 끝마친 후, 일부러 한왕호에게 족적을 남기며 도주하게끔 한 것이었다.

그러나 신운의 최종 목적은 황궁비고가 아니었다.

그것은 목표를 행하는 데에 있어 부수적인 이득일 뿐이었다.

"킥!"

유신운이 마지막 황궁 무사를 제압했다.

'저기군.'

그런 그의 시선에 음험하기 짝이 없는 기운이 일렁이고 있는 전각 하나가 들어오고 있었다.

그곳은 다름 아닌.

주유에 의해 황제가 구금된 비처(秘處)였다.

"놈들이 언제 깨닫고 돌아올지 모르니 최대한 빠르게 '황제'의 신병을 확보해서 돌아간다."

"옙!"

그랬다.

유신운의 최종 목표는 바로 혈교의 모든 명분을 완성하는 황제를 백운세가로 데려가는 것이었던 것이었다.

'명분이 없다면 빼앗으면 그뿐.'

황제를 얻는다면 역도의 무리가 되는 것은 백운세가가 아닌 정검맹과 혈교가 되리라.

파밧! 촤아아!

이윽고 전각의 내부로 진입한 두 사람은 황제의 처소 가까이에 빠르게 나아가고 있었다.

끄으으! 끄극!

그럴수록 사람이 아닌 무언가의 울음소리 또한 커졌다.

점차 장난기가 가득했던 여득구의 표정이 딱딱하게 굳어가고 있었다.

"······형님, 이 기운은 대체?"

그들에게 엄습해 오는 미지의 기운 때문이었다.

불완전하기는 하나 혼돈의 좌에 오른 녀석은 이 기운이 얼마나 위험한지 본능적으로 느끼고 있었다.

'요기? 마기? 뭐지, 대체······. 이건 완전히 궤를 달리하는 힘이야.'

유신운 또한 정체를 알 수 없는 미지의 기운에 당혹감을 숨길 수 없었다.

유일랑의 순마기가 마지막이라 생각했건만, 또다시 정체를 알 수 없는 새로운 기운이 등장하여 있었다.

여득구의 요기와 유신운의 조화신기가 미지의 기운 때문에 거칠게 요동치고 있었다.

기운에 맞닿는 것만으로도 속이 뒤집어지는 듯한 기분이었다.

'맞부딪치는 수밖에 없어.'

하지만 지금 물러설 수는 없었다.

유신운은 조화신기를 더욱 거세게 쏟아 내며 문을 열고 황제가 자리한 처소로 발을 들였다.

그러자 미지의 기운 또한 폭발하듯 솟구쳤다.

미지의 기운은 다름 아닌 침상에 누워 있는 황제에게서 흘러넘치고 있었다.

"······!"

곧이어 침상에 누워 있는 황제의 모습을 확인한 유신운의 눈이 부릅떠졌다.

"끄으으."

　신음을 흘리는 황제는 피부가 녹아내린 것 같은 끔찍한 몰골을 하고 있었다.

　'놈들이 평범하게 두었을 거라곤 생각하지 않았지만…….'

　유신운의 표정이 심각해지자, 여득구가 다가와 말을 건넸다.

"형님, 바로 옮길까요?"

　하지만 유신운은 고개를 가로저었다.

　본래의 계획은 황제의 신병을 확보하는 대로 곧바로 도망가는 것이었지만, 현 상태로는 불가능했기 때문이었다.

"아니, 치료부터 해야 한다. 이 상태로 옮겼다가는 일각도 버티지 못하고 황제가 죽어 버리고 말 거다."

　황제는 당장 목숨이 끊어져도 이상하지 않은 상황이었다.

　'일단 할 수 있는 건 전부 시도해 봐야겠어.'

　스아아!

　유신운은 곧바로 조화신기의 공능을 유지하며 황제의 몸에 자신의 손을 가져다 대었다.

　그의 첫 번째 시도는 선의술이었다.

"크아아악!"

　'크읍!'

하지만 조화신기가 황제의 기맥을 제대로 살펴보기도 전에 강력한 반발과 함께 유신운의 눈앞에 시스템 메시지가 떠올랐다.

[플레이어의 스킬, 선의술이 실패하였습니다.]
[대상자의 기운, '……'이 플레이어의 기운을 모두 거부합니다.]

'……모든 기운을 받아들이는 조화신기가 거부할 정도라니.'

완전한 실패였다.

황제의 기운은 선의술과 조화신기를 맹렬히 거부했다.

두 번째는 여득구와 흑점이의 권능이었다.

"크윽!"

―냐앙!

하지만 이번에도 실패로 돌아갔다.

미지의 기운은 두 사람의 힘으로도 감당할 수가 없었다.

유신운은 모든 방법이 수포로 되자 최후의 방법을 사용하는 수밖에 없음을 깨달았다.

유신운은 아공간에서 흑마염태도를 꺼내들었다.

모든 힘을 흡수하는 흑마염태도라면 이 기운을 가두어 놓는 정도는 가능하겠다는 짐작이 든 것이었다.

'꽤나 오래 사용했는데. 흑마염태도를 잃는다면 아깝기는 하겠군.'

하지만 조화신기도 감당하지 못하는 저 힘을 받아들인 흑마염태도가 멀쩡할 리는 없었기에, 조요경처럼 파괴될 수 있는 가능성을 미리 상정해 두었다.

"후우."

깊은 숨을 내쉰 유신운이 조화신기를 완전히 가라앉혔다.

푸욱!

그러곤 흑마염태도를 역수로 들더니 칼날을 바닥에 꽂아넣었다.

'내 몸을 통로로 삼아 황제의 기운을 흑마염태도로 전달한다.'

목적을 되새긴 후, 유신운이 다시금 황제의 몸에 제 손을 가져다 대었다.

그와 동시에 황제의 몸에 뿌리내리고 있던 미지의 기운이 유신운의 내부로 빨려들어 오기 시작했다.

스아아! 콰가가!

'크윽!'

날카로운 칼날이 기맥을 찢고 지나가는 것 같았다.

극한의 고통이 느껴졌지만 유신운은 오로지 정신력 하나로 꿋꿋이 버텼다.

하지만 그때 상황이 그의 의도와는 완전히 다르게 진행되기 시작했다.

우우웅! 우웅!

갑작스레 그의 품속에서 갑자기 세찬 진동이 느껴지더니.

황제에게서 빨아들인 미지의 기운이 흑마염태도가 아닌 품속으로, 아니 정확히 말하면 품속의 물건으로 이동되기 시작한 것이다.

[히든 조건을 만족하였습니다.]

[마서(魔書)의 숨겨진 이름을 밝혀냈습니다.]

'……이 비급은 분명히?'

유신운은 품속의 물건이 흑시에서 주유의 수하인 고 첩형에게서 빼앗았던 미지의 비서임을 깨달았다.

전혀 예상치 않은 상황이었지만 유신운은 일단 어떻게든 마무리하기 위해 노력했다.

그리고 마침내.

[플레이어가 '지옥경 후편(地獄經)'을 획득했하였습니다.]

유신운은 그에게 또 다른 힘을 선사해 줄 새로운 기연을 얻고야 말았다.

마서의 정체가 밝혀진 후, 기운의 흡수가 더욱 활발해졌다.

변형되어 있던 황제의 모습이 서서히 정상으로 돌아오고 있었다.

그에 유신운은 미지의 기운을 포식하며 강대한 존재감을 내뿜고 있는 마서를 들여다보았다.

'지옥경?'

마서의 이름은 분명히 그러했다.

지옥(地獄).

생전에 이승에서 죄를 지은 자가 죗값을 받는 곳.

'……설마 미지의 기운이 지옥과 연관이 있다는 건가?'

타당한 추측이었지만 유신운은 지옥을 종교나 신화에서 나오는 허구의 세계 정도로 인식하고 있었기에 결론을 내리기가 쉽지 않았다.

'아냐. 이 세계에는 선계(仙界)도 존재하는 데 명계(冥界)가 없으리라는 법도 없지.'

결국 그렇게 생각을 마무리한 유신운이 눈을 빛냈다.

'내 손에 들어온 지옥경은 후편(後篇). 그렇다면 전편(前篇)은 주유에게 있겠고, 황제의 상태를 보면 녀석은 이 힘을 다룰 수 있다는 건데…….'

유신운은 솔직히 믿기 어려웠다.

조화신기조차 극도의 위험성에 거부하는 기운을 녀석이 다룰 수 있다는 사실이 말이다.

　의아할 따름이었지만 고민은 그리 오래가지 않았다.

　'비장의 수를 지니고 있다면 쥐어 패서 뺏지, 뭐.'

　그렇게 가장 쉽고 빠른 폭력의 길을 걷기로 한 그때였다.

　"형님!"

　여득구가 그를 급히 불렀다.

　황제가 깨어나려 하고 있었다.

❦

　'……이제야 죽음을 맞이했는가?'

　연의 황제, 고태세(高太勢)는 자신이 드디어 바라 마지않던 안식을 얻었다고 생각했다.

　의식조차 무너지게 만들 만큼 끔찍했던 고통이 사라져 있었기 때문이었다.

　하지만 그러던 그때.

　장막에 가려진 듯 칠흑 같은 어둠뿐이었던 눈앞의 세상이 뒤집히더니.

　'이건?'

　곧 그가 지나온 생애의 여러 날이 주마등처럼 스쳐 가기 시작했다.

어린 나이에 황제의 자리에 오르던 날.

갑작스러운 여동생의 죽음에 오열하던 날.

······그리고.

모든 파국을 몰고 온 운명의 그날.

'주유!'

그가 동창 제독 주유의 얼굴을 떠올린 순간.

쏴아아아!

세상은 다시금 뒤집히며 억수같이 비가 쏟아지던 한 날이 펼쳐졌다.

고태세는 자신의 침소에서 한 사람을 기다리고 있었다.

–쿨럭.

자신이 정체를 알 수 없는 독에 중독되었음을 깨달은 고태세는 금의위의 수장, 유자량에게 해독제와 흉수를 알아내라 명한 상태였다.

날이 갈수록 그의 몸 상태는 최악이 되어갔고, 침소의 주변에는 정체를 알 수 없는 인기척이 늘어만 갔다.

숨을 쉬지 못할 정도로 지독한 고통에 그가 잠을 이루지 못하던 그때.

–와아아!

–막아라!

바깥이 소란스러워지더니 곧 침소의 문이 벌컥 열렸다.

–허억, 헉! 폐하!

누군가의 피로 온몸을 적신 대영반 유자량이 모습을 드러
냈다.

-……유자량.

-폐하, 자세한 것은 나중에 설명하겠습니다! 지금은 몸을
피하셔야 합니다!

그는 침상에서 일어날 여력도 없었기에 유자량의 등에 업
힌 채, 황궁을 빠져나갔다.

흔들리는 어깨 너머로 복도에 처참히 쓰러진 금의위 위사
들의 시체가 보였다.

가로막는 적들을 해치우고 드디어 궁을 빠져나왔다고 생
각한 순간.

쐐애애액!

파파팍!

갑자기 날아든 화살 비에 유자량이 자신을 한편에 던졌다.

-크아악!

고태세를 신경 쓰느라 피하지 못한 화살들이 유자량의 전
신에 꽂혔다.

-대영반!

-괜……찮으십니까, 폐하.

한눈에 보기에도 심각한 상처를 입은 유자량이 비틀거리
면서도 되레 그를 걱정했다.

-홍홍, 이런. 하마터면 대계를 그르칠 뻔했군요.

좌아아!

파밧!

그런 찰나, 두 사람을 둘러싸며 역도의 무리가 나타났다.

그들을 이끄는 수장을 확인한 고태세의 눈동자가 지진이라도 난 듯이 세차게 흔들렸다.

─……주유? 자네가 어찌?

믿을 수 없었다.

동창의 제독 주유는 자신이 갓난아이일 때부터 곁을 지킨 노신(老臣)이었기 때문이었다.

─송구하옵니다만, 폐하. 제 주인은 본디 한 분뿐이었습니다.

한데 그가 자신을 향해 생전 본적 없는 살기 어린 눈빛을 쏘아 내고 있었다.

─무엄하도다! 모두 물러서지 못하겠느냐!

고태세는 마지막 힘을 끌어올려 동창의 무사들에게 소리쳤지만.

푸푹! 퍼퍽!

─……!

그들은 조금의 망설임도 없이 빼 든 칼날을 유자량의 전신에 꽂아 넣을 뿐이었다.

처음으로 느끼는 죽음의 공포에 그는 털썩 제자리에 주저앉았다.

그런 그에게 주유는 성큼성큼 다가와 머리에 손을 올렸다.

불길한 기운이 주유의 손을 따라 전신에 퍼져 나가기 시작했다.

—클클, 걱정하지 마십시오, 폐하. 곧 그날이 오면 온 백성이 폐하의 곁으로 갈 것이니 말입니다.

그리고 다음 순간.

'안 돼!'

고태세는 꿈에서 벗어나 눈을 떴다.

⌣

고태세가 천근처럼 무거운 눈꺼풀을 들어 올리자, 눈앞에 처음 보는 두 사람의 모습이 나타났다.

"폐하, 괜찮으십니까?"

"너는…… 누구……더냐."

유신운은 극진한 예를 갖추며 말을 꺼냈다.

하지만 그를 바라보는 고태세의 눈빛에는 경계심이 가득했다.

"크윽!"

"폐하. 아직 무리하시면 안 됩니다."

"후우, 후. 정……체를 밝……혀라. 너희들도 주유의 졸개……들인가……?"

힘겹게 몸을 일으킨 고태세는 한 발 뒤로 물러서며 유신운에게 말했다.

"이 자식, 형님이 힘들게 살려 놨더니 뭐라는 거야?"

그러자 곁에 있던 여득구가 발끈하며 멋대로 지껄였지만, 유신운은 팔을 들어 행동을 제지했다.

처척.

그러곤 다시금 한쪽 무릎을 꿇으며 예를 갖춘 뒤 말을 이어 갔다.

"상황 때문에 소개가 늦어 송구하옵니다. 절강에서 백운유가를 이끌고 있는 신운이라 합니다."

'유신운!'

이름을 들은 고태세의 눈에 이채가 감돌았다.

여동생의 유품을 전해 준 인물이자, 유자량이 황실에 도움이 될 동량이라 숱하게 칭했던 자였기 때문이었다.

'자량!'

고태세는 순간 정신이 번쩍 드는 기분이었다.

자신을 구하려다 칼날과 화살에 난자된 마지막 모습이 뒤늦게 떠올랐다.

"자량, 자량은 어디에 있나."

깊은 슬픔을 담고 있는 황제의 두 눈이 이미 최후를 직감하고 있는 듯했다.

"말씀드리기 송구하오나 대영반은 주유에 의해 이미 숨을 거두었습니다."

"……!"

유신운의 말에 고태세의 두 눈에 격한 분노의 빛이 치밀어 오르고 있었다.

"내 절대로 가만히 있지 않을 것이다. 속히 궁으로 가 이 참담한 역모를 모두에게 알릴 것이다!"

고태세는 비틀거리며 일어나 당장 신하들이 있는 대전으로 향하려 했다.

하나 그런 그의 앞을 유신운이 가로막았다.

"무슨 짓인가."

"폐하, 이미 황궁의 모든 이가 저들의 편에 선 지 오래입니다."

"……!"

"이곳은 적진입니다. 한시라도 빨리 이곳을 빠져나가셔야 합니다."

"지금 짐에게 황실을 버리라는 말인가?"

고태세의 말에 유신운의 눈빛이 싸늘하게 식었다.

얼음장처럼 차가운 그 시선에 고태세는 순식간에 압도되어 버렸다.

그리고 그런 그에게 유신운이 한 자, 한 자 힘을 담아 말을 꺼냈다.

"폐하, 폐하께옵서 잠드셨던 동안 황궁을 장악하고 있던 어둠은 이미 백성들에게까지 마수를 뻗었습니다. 곧 그들에 의해 본 적 없던 참혹한 전쟁이 벌어질 겁니다."

유신운의 말에 고태세는 아무런 말도 못 한 채, 그저 듣기만 하고 있었다.

"저는 한 명이라도 더 많은 백성을 구하기 위해 목숨을 걸고 폐하를 구출하러 온 것입니다. 만일 폐하께서 백성보다 황실이 중요하다면 폐하의 걸음을 막지 않겠습니다. 다만 저는 이대로 돌아가 백성들을 살릴 다른 방도를 찾을 것입니다."

유신운의 언행은 무례하다 할 수 있었지만, 너무도 당당했다.

고태세는 진심이 가득한 유신운의 눈을 보며 크나큰 충격을 받았다.

'……아아, 나는 이런 꼴을 당하고도 아직 깨닫지 못했던 것인가? 이자의 말대로 지금 중요한 것은 내가 아닌 백성인 것을.'

고태세는 황궁으로 향하려던 걸음을 멈추곤, 평생 처음으로 다른 누군가에게 고개를 숙여 예를 갖추며 대답했다.

"고맙군, 유 가주. 자네가 짐의 부족함을 깨닫게 해 주었네."

"황송합니다. 부디 금일 범한 신의 무례는 훗날에 크게 죗값을 물어 주소서."

이윽고 고태세는 총기를 찾은 눈빛으로 유신운을 바라보

며 진심을 다해 부탁했다.

"그래, 어떻게든 이 목숨을 부지하여 위기에 처한 백성들을 구하겠네. 부디 나를 도와줄 수 있겠는가."

"소신, 목숨을 바쳐 폐하를 보필하겠나이다."

고태세가 바라보는 유신운의 등 뒤로 유자량의 잔영이 비치고 있었다.

한데 그러던 그때였다.

콰가가!

콰아아앙!

갑작스레 거대한 폭음이 울려 퍼졌다.

소리의 근원지는 그들이 자리한 전각의 바깥이었다.

'칫! 생각보다 빨리 눈치챈 건가.'

돌아가는 상황을 파악한 유신운이 여득구에게 눈짓으로 황제를 지키라는 명령을 내렸다.

"이 버러지 같은 놈이 감히 나를 우롱해!"

그와 동시에 누군가의 분노에 찬 사자후가 전각을 쩌렁쩌렁하게 울렸다.

그아아아!

"온다!"

돌연 바깥에서 느껴지는 강대한 오염된 마나의 와류에 유신운이 소리쳤다.

그리고 다음 순간.

콰가가가!

화르르르르!

전광석화처럼 들이닥친 청염(靑炎)의 폭풍이 전각을 통째로 집어삼켰다.

청염이 품고 있는 엄청난 열기에 전각이 얼마간을 버티지 못하고 재가 되어 무너져 내렸다.

파밧!

처처척!

하지만 여득구와 고태세 그리고 유신운은 아무런 피해도 받지 않은 멀쩡한 모습으로 전각 바깥에 빠져 나왔다.

"이봐, 황제. 괜찮지?"

"그, 그래. 괘, 괜찮다."

여득구의 무례한 언행에도 고태세는 무엄하다고 꾸짖지 못했다.

어느새 혼돈의 힘을 발휘해 늑대와 인간을 섞어 놓은 반요의 모습으로 여득구가 변화하여 있었기 때문이었다.

바깥에는 주유를 중심으로 동창과 황궁에 암약하던 혈교의 무력 부대가 총출동하여 있었다.

오백 명에 달하는 엄청난 인원이었다.

"이 씹어 먹어도 시원찮은 쥐새끼들이 감히 나를 속여!"

항상 평온함을 유지했던 주유는 이성을 상실하여 있었다.

죽을힘을 다해 신투를 쫓던 와중에 뒤늦게 자신이 철저히 농락당했다는 사실을 깨닫고 돌아왔기 때문이었다.

지독한 살기가 번들거리는 주유의 시선이 유신운을 향했다.

그러자 유신운은 피식 웃으며 시선과 함께 조여 오는 오염된 마나를 손쉽게 튕겨 내었다.

"흠, 벌레 정도의 지능을 생각했는데……. 뭐, 그것보단 조금 좋았던 모양이네."

"이, 이……!"

유신운의 빈정대는 말에 주유는 다시금 이성을 잃을 뻔했지만, 겨우 화를 참아 냈다.

더 이상 상대에게 주도권을 내줘선 안 됐다.

어차피 압도적인 전력 차였다.

이미 승기는 자신이 잡고 있었다.

그리 생각하며 흥분을 진정시킨 주유는 비릿하게 입꼬리를 말아 올리며 말을 꺼냈다.

"흥! 황제를 노린 모양이지만 안타깝게 됐군! 데려가 봤자 놈은 나에게서 떨어지면 얼마 살지 못하니 말이……?"

하지만 그의 말은 채 완성되지 못했다.

유신운의 곁에 있는 황제를 확인한 그의 눈동자에 당황의 빛이 떠올라 있었다.

'뭐, 뭐야! 황제에게서 왜 지옥경의 힘이 느껴지지 않는 거지?'

황제에게서 자신의 기운이 완전히 사라진 상태이었기 때문이었다.

'좋아, 이러면.'

당혹감을 감추지 못하는 상대를 보며 유신운은 도발을 날렸다.

"왜, 생각했던 상황과 조금 달라? 반쪽짜리 힘밖에 없는 주제에 까불기는."

"……!"

'반쪽짜리 힘'이라는 단어에 주유가 입을 쩍 벌렸다.

그렇게 그는 안타깝게도 유신운이 자신의 힘의 근원을 모두 알고 있다고 착각하고 말았다.

4장

주유는 당혹감을 숨기지 못했다.

'……저놈이 어떻게 내 힘을?'

말도 안 되는 일이었다.

그의 주인조차 그가 숨긴 힘에 대한 진실은 제대로 알지 못하지 않는가.

하지만.

'저 눈.'

아까부터 자신을 노려보고 있는 유신운의 가소롭다는 눈빛이 그를 혼란케 만들고 있었다.

"……반요는 불태우고 저놈과 황제는 반드시 산 채로 끌고 와라!"

"예!"

파바밧!

타닷!

동창의 무사들이 대답을 마침과 동시에 유신운에게 달려들었다.

그에 더해 소란에 급히 달려온 황군까지 합류하며 압도적인 병력 차가 만들어졌다.

"이놈들이 누굴 맘대로 태운다 어쩐다 난리야!"

파바밧!

그러나 새까맣게 몰려오는 적들에도 여득구는 조금도 겁먹지 않으며, 저 또한 앞으로 달려 나갔다.

유신운 또한 가만히 있지 않았다.

"무례를 용서하십시오."

"그게 무……!"

황제가 제대로 말을 마치기도 전에 유신운의 느닷없이 등 뒤에서 솟구친 푸른 불꽃이 그를 집어삼켰다.

새장의 형상을 한 구룡신화조는 임무를 마치고는 다시금 아공간으로 사라졌다.

'걸리적거리는 놈은 치웠고.'

유신운이 살기 어린 눈빛으로 여득구를 향해 달려드는 적들을 쏘아보며 손을 들어 올렸다.

우우웅!

화아아!

조화신기가 그의 손에서 맹렬히 요동치고 있었다.

채챙!

쐐애액!

"죽어랏!"

"하앗!"

선두에 섰던 적들이 여득구에게 날카로운 칼날을 휘두르려던 순간.

처척!

유신운이 손을 움켜쥐었고.

촤아아!

콰가가!

갑자기 땅속에서 날카로운 뼈창들이 사나운 파도처럼 솟구쳐 올랐다.

이미 경공을 최대로 발휘한 상태였던 적들은 걸음을 멈출 수 없었고.

푸푸푹!

푸푹!

"……!"

"커컥!"

외마디 비명과 함께 수많은 적들이 뼈창에 온몸을 관통당

해 쓰러졌다.

　자신의 코앞에서 수많은 적들이 꼬치 신세가 된 것을 확인한 여득구는.

　"역시 형님이십니다!"

　돌연 획하고 뒤를 돌아보며 유신운에게 엄지를 추켜세웠다.

　쐐애액!

　푸욱!

　"요괴 놈!"

　"끅!"

　하지만 그러다가 시체를 넘어 달려온 적의 칼날을 보지 못하고 심장을 꿰뚫렸다.

　적은 의기양양한 표정이었지만 유신운은 한숨을 내쉬며 고개를 절레절레 가로저을 뿐이었다.

　─장난은 그쯤 해라!

　"옙!"

　유신운의 불호령에 여득구가 칼이 박힌 그대로 몸을 돌렸다.

　"흐읍!"

　그 기괴한 모습에 무사가 당황해 몸이 얼어붙듯 굳어 버렸고.

　서걱!

촤아아!

어느새 날카롭게 돋은 여득구의 손톱이 놈의 목을 베어 버렸다.

주인을 잃은 목에서 피가 분수처럼 쏟아졌다.

"하하하! 다 죽인다!"

혈우(血雨) 속에서 여득구가 광소를 터뜨리며 날뛰기 시작했다.

온몸에 칼과 화살이 박히고 있었음에도, 그는 조금의 타격도 없었다.

상처가 생김과 동시에 회복되고 있었기 때문이다.

여득구의 힘인 '초재생'이 발휘되고 있었다.

허공에서 사기(邪氣)로 타오르는 망령의 화살을 폭우처럼 쏟아 내던 유신운은 그 광경을 보며 의아해했다.

'뭐지? 도철의 힘이 사라지지 않은 건가?'

혼돈의 힘을 얻으며 도철의 능력이 사라졌을 것으로 예상했는데, 그대로 남아 있었기 때문이다.

그는 몰랐지만 본래 절대 공존할 수 없는 사흉의 힘이 여득구에게 깃든 조화신기 덕택에 균형을 이루게 된 것이었다.

'크윽, 이대로는……'

여득구와 유신운의 활약을 보며 표정이 차갑게 식은 주유가 오염된 마나를 끌어 올리기 시작했다.

스아아아!

촤아아!

그와 함께 주유가 이어받은 7재앙의 흉험하기 짝이 없는 힘이 쏟아지며, 순식간에 주변의 공기가 싸늘하게 얼어붙었다.

'흐음, 지옥경의 힘은 사용하지 않는 건가? 제약이 있는 건 확실해 보이는군.'

유신운은 녀석이 미지의 기운을 사용하지 않을까 생각했지만, 쉽사리 꺼내지 않는 것을 보며 놈 또한 자유자재로 통제할 수 없는 경지이리라 예상했다.

"전원 은총의 힘을 발휘해라!"

그때, 주유가 동창의 무사들을 향해 소리쳤다.

은총의 힘이 무엇인지 모르는 금군들은 어리둥절해하고 있었다.

'……뭐지?'

그런데 그때, 오염된 마나를 흩뿌리는 동창의 무사들을 보던 유신운이 무슨 이유에선가 제 눈을 게슴츠레하게 떴다.

'변화가 없어?'

은총의 힘을 발휘했음에도 무사들이 몬스터의 형상으로 변하지 않았기 때문이다.

저들 전부가 현경의 경지에 올라선 것은 아닐 것이기에, 유신운은 잠시 상황을 조용히 지켜보았다.

"허업!"

"자, 자네들 누, 눈이!"

그때, 금군이 동창의 무사들을 보고는 기겁한 반응을 보였다.

인간의 형상을 그대로 유지한 그들의 외견 중 변한 부분은 단 한 곳뿐이었다.

동창의 무사들 전부의 두 눈이 파리의 그것처럼 수많은 겹눈으로 변하여 있었다.

우우웅!

스아아!

동창 무사들의 병장기를 쥐고 있지 않은 다른 손에 오염된 마나가 띠처럼 새겨지며 회전하기 시작했다.

파아앗!

촤아아!

동창의 무사들이 유신운과 여득구에게 다시금 달려들었다.

그리고 다음 순간.

콰가가가!

쐐애액!

피를 지배하는 블러드 스펠.

다섯 원소를 조작하는 속성 마법.

영혼을 다루는 소울 스펠.

동창 무사들의 손에서 뿜어진 수많은 스킬들이 두 사람에게 집중포화로 쏟아졌다.

바닥에 흥건했던 피가 창날이 되어 쇄도했다.

타오르는 화염의 기둥과 쏟아지는 얼음의 파편.

거센 폭풍 속에서 망령의 화살까지 더해졌다.

파밧!

생전 처음 보는 적의 힘에 당황한 여득구 앞에 유신운이 전광석화처럼 도착했다.

하나 그와 동시에 스킬 포격을 퍼부은 동창의 무사들 또한 그의 앞에 당도했다.

"혈해검혼!"

"유마귀수!"

"천라조!"

쐐애액!

콰가가가!

동창 무사들의 필살의 초식들이 유신운의 머리 위로 쏟아졌다.

놀랍게도 그들은 몬스터의 힘을 사용하면서도 본신의 무공까지 그대로 발휘하고 있었다.

그 순간, 유신운은 조화신기를 두른 두 눈으로 그들과 주유의 오염된 마나가 실선처럼 연결된 것을 확인했다.

'소울 마리오네트.'

그는 단번에 이들이 두 힘을 모두 사용하는 것이 주유의 권능 때문임을 그리고 놈이 누구의 힘을 사용하는지까지 알아냈다.

우우웅!

콰가가가!

어느새 유신운의 손에 들려 있는 융독겸에 수십의 겸환들이 맹렬히 회전하고 있었다.

이어 유신운이 한 발을 축으로 회전하며, 자신의 머리 위로 융독겸을 그대로 그었다.

뇌운십이겸 신운류 겸식(鎌式).

변초.

오의(奧義) 천라신뢰(天羅神雷).

단 한 번의 참격으로 보였지만, 유신운의 융독겸은 찰나의 순간 동안 몇 백합을 쏟아 냈다.

그 참격의 겹쳐지며 하늘을 덮는 뇌기의 그물망이 펼쳐졌다.

유신운에게 초식을 쏟아 냈던 동창 무사들이 그 촘촘한 그물망을 피해 내지 못하고 모두 휘감겼고.

콰가가가!

꽈아앙!

거대한 폭음과 그대로 사방으로 튕겨 날아갔다.

뇌기에 타들어 가고 사지가 잘려 나가 엉망이 된 그들이 바닥을 나뒹굴었다.

"괘, 괜찮나!"

"이보게!"

금군이 부상자를 수습하기 위해 그런 그들에게 급히 다가갔다.

콰득!

푸푹!

하지만 다음 순간, 사방에 살점이 꿰뚫리는 끔찍한 소리들이 울려 퍼졌다.

"끄극!"

"……왜?"

쓰러졌던 동창의 무사들이 이빨로, 손으로 남아 있는 신체로 금군의 몸을 꿰뚫었다.

그리고 순식간에 그들은 목내이처럼 변하며 모두 죽음을 맞이했다.

에너지 드레인에 선천진기를 포함한 모든 진기를 빨린 것이다.

"으, 으아아!"

"살려 줘!"

금군들은 이런 상황은 전혀 예상치 못했는지 두려움에 사로잡혀 무기를 버리고 도망가기 시작했다.

하지만 그런 그들의 뒤에는 주유가 사악한 미소를 지은 채, 자리하고 있었다.

도망치던 금군들이 모두 우뚝 멈춰 섰다.

그들은 발버둥을 쳤지만, 무언가에 붙들린 것처럼 옴짝달싹할 수 없었다.

그런 그들의 시선에 어느새 칠흑처럼 검게 물든 지면이 비쳤다.

주유의 그림자가 어느새 황궁 전체를 잠식하여 있었다.

일말의 희망으로 자신을 바라보고 있는 금군을 감정 없는 시선으로 바라보며.

"조용히 제물이 되어라."

주유가 나직하게 최후를 알렸다.

스아아!

촤아아!

"끄아악!"

"크억!"

금군이 불에 태워지듯 사정없이 몸을 비틀며 고통에 찬 신음을 쏟아 냈다.

털썩!

쿠웅!

곳곳에서 말라붙은 시체들이 바닥에 힘없이 허물어졌다.

스아아!

그 시체 더미 속에서 주유는 고고히 하늘로 떠올랐다.

유신운은 그런 녀석의 등 뒤로 전생에서 혈전을 벌였던 재앙의 모습이 겹쳐져 보이는 듯했다.

천흉(千凶)의 재앙.

멸망의 대군주.

파리대왕, 벨제붑.

주유가 지닌 7재앙의 힘은 바로 놈의 것이었다.

벨제붑은 거대한 파리의 형상을 한 몬스터로 강림한 7재앙 중 가장 많은 인명 피해를 만들었던 존재였다.

벨제붑은 7재앙 중 가장 강력한 힘을 지니지는 않았지만, 가장 사악하고 교활했기 때문이다.

벨제붑은 몬스터임에도 모든 종류와 속성의 마법을 사용할 수 있었고, 자신의 하수인들의 능력을 증폭시키는 수많은 권능을 지니고 있었다.

"이곳을 네놈의 무덤으로 만들어 주마."

순간, 살기 어린 주유의 눈빛이 유신운을 향했다.

우우웅!

우웅!

공명음과 함께 지면의 검은 그림자가 미친 듯이 요동치기 시작했다.

"크아아!"

"그르르!"

그와 동시에 칠흑의 대지와 맞닿은 동창의 무사들이 인간의 것이 아닌 울음소리를 쏟아 내었다.

그들의 만화경과 같은 눈동자가 대지와 같은 칠흑으로 물들기 시작했다.

스아아아!

콰가가가!

주유가 올라선 허공에 룬 문자들이 거대한 띠처럼 펼쳐졌다.

위저드 헌터들이 봤으면 경악했을 멀티 캐스팅이었다.

수십 개의 초고위 스펠이 동시에 전개되려 하고 있었다.

파바밧!

타닷!

동창의 무사들이 전광석화처럼 질주하기 시작했다.

금군의 생기를 빨아들이고 그들은 인간의 한계를 벗어난 크기로 거대화되어 있었다.

순간, 자신을 향해 새까맣게 몰려드는 적들을 바라보던 유신운이 괴이한 행동을 벌였다.

스아아!

느닷없이 쥐고 있던 용독겸을 아공간에 회수한 것이었다.

'후후, 그래. 그렇게 잠자코 죽음을 맞이하거라!'

주유는 유신운이 힘의 격차를 깨닫고 자포자기를 한 것으로 생각하고 입꼬리를 말아 올렸다.

하지만 그러던 그때.

"넌 참 운이 없군."

유신운이 혼잣말을 뇌까렸다.

우우웅!

우웅!

"나한테 한 번 잡았던 몬스터는 벌레에 불과해."

천지를 진동하는 거대한 공명음이 울려 퍼지고.

촤아아!

파아앗!

눈앞의 공간 전체를 가득 채우는 수백, 수천의 소환진이 모습을 드러냈다.

따닥!

처척!

그리고 그 속에서 수없이 많은 스켈레톤들이 제 몸을 일으켰다.

스아아!

촤아아!

그리고 모든 스켈레톤들이 검게 물들기 시작했다.

순마기가 융합된 조화신기를 전해 받은 모든 스켈레톤들이 흑골화(黑骨化)가 진행된 것이었다.

'저, 저게 무슨? 설마 저놈이 정말로 후편의 힘을?'

유신운의 해골 병단을 바라보는 주유의 눈이 지진이라도

난 듯이 흔들리고 있었다.

하지만 끝이라고 생각한 것은 끝이 아니었다.

'크흡!'

갑자기 느껴지는 현경을 초월한 기운에 주유가 헛숨을 들이켰다.

"아, 이미 넌 벌레던가?"

차가운 비소를 짓는 유신운의 눈앞에서.

촤아아아!

스아아!

그가 얻은 최초의 EX급 소환수 '스켈레톤 마스터'가 모습을 드러내고 있었다.

＊

자신을 한껏 조롱하는 유신운의 말에도 주유는 아무런 반응을 하지 못했다.

터질 듯이 커진 눈으로 새로이 모습을 드러낸 의문의 망자를 노려볼 뿐이었다.

외견만 보자면 유신운이 소환한 다른 망자들과 큰 차이가 없는 흑골괴(黑骨怪)였다.

하지만 이 순간, 그의 시선을 사로잡고 있는 것은 그 흑골괴가 쥐고 나타난 칼에 있었다.

'몇 번을 확인해도 저 도는 분명히 놈의 것이 맞는데…….'

너무도 눈에 익은 도파와 도신이었다.

익숙할 수밖에 없었다.

저 도는 그와 같은 십령주의 일원이었던 자의 애병이자 한 세력의 맹주를 상징하는 징표였으니까.

그러던 그때였다.

화르르!

아무런 움직임도 없던 흑골괴의 텅 비어 있던 동공에 푸른 불꽃이 타오르기 시작했고.

스아아아!

콰가가!

'무, 무슨!'

흑골괴의 주위로 말도 안 되는 양의 기운이 폭풍처럼 휘몰 아치기 시작했다.

주유는 당황을 넘어 경악할 수밖에 없었다.

한낱 요괴의 몸에서 분명히 현경을 상회하는 기운이 선명 히 느껴졌기 때문이었다.

파바밧!

타닷!

"죽인다!"

"놈!"

하지만 놈의 힘을 정확히 느낀 것은 주유뿐이었다.

동창의 무사들이 만화경처럼 변한 징그러운 눈을 번들거리며 흑골괴에게 달려들었다.

스르릉!

오십에 달하는 동창의 무사들이 동시에 달려들었지만, 가까이에서 싸움에 임하던 다른 골괴들은 신경도 쓰지 않은 채 자신의 전투에 집중할 뿐이었다.

마치 자신들이 도우러 가는 것이 되레 해가 된다는 듯이 말이다.

스르릉!

처척!

한 손으로 도를 들어 올리며 흑골괴가 발을 뒤로 빼며 자세를 갖추었다.

또다시 주유의 눈에 너무도 익숙한 보법과 도식이 펼쳐지고 있었다.

'서, 설마……!'

화르르!

그 순간, 검을 휘두르는 동창의 무사들의 검에 플레임 블레이드 스킬이 발현되며 불꽃이 이글거렸고.

촤아아!

쩌저적!

다른 무사가 펼친 프로즌 체인이 흑골괴의 두 발을 꽁꽁 얼렸다.

하지만 그 모든 것은.

혼류파천도(混流破天刀).
오의.
멸천광세(滅天狂勢).

흑골괴가 펼친 일초식에 무로 되돌아갔다.
콰가가가!
쫘르르르!
공기를 찢어발기는 듯한 굉음과 함께 거대한 충격파가 달
려든 적들에게 쏟아졌다.
자신만만하게 덤볐던 동창의 무사들 오십 인이 일거에 형
체도 알아볼 수 없게 뭉개져 있었다.
우우웅!
우웅!
흑골괴의 도에는 수십의 도환들이 아직도 맹렬히 회전하
고 있었다.
그 모습을 넋 나간 채 바라보며.
"……북리겸."
주유가 혼잣말을 뇌까렸다.

[플레이어의 소환수, '스켈레톤 마스터, 북리겸'의 소환이

완료되었습니다.]

　[스켈레톤 마스터로서의 소환이 진행 중인 동안 '아포피스'의 소환이 자동으로 제한됩니다.]

　'옛 동료가 꽤나 반가운 모양이군.'

　유신운은 주유의 반응을 보며 비릿하게 입꼬리를 말아 올렸다.

　그랬다.

　소환한 것은 다름 아닌 북리겸이었다.

　유신운이 상대했던 북리겸은 분명히 몬스터의 형태로 변화했지만, EX급의 스켈레톤 마스터는 몬스터로 변했던 소환수도 인간의 형태로 간단히 소환할 수 있었다.

　물론 그럴 경우 메시지의 내용처럼 스켈레톤 마스터로서 소환이 유지되는 동안은 몬스터로는 자동적으로 소환이 불가능해지는 제약이 걸렸다.

　파바밧!

　타닷!

　그러던 그때, 북리겸이 귀기가 서린 안광을 흩뿌리며 적들에게 돌진했다.

　쐐애액!

　쿠궁!

　"크억!"

"끄극!"

그의 발걸음을 따라 파공성이 울려 퍼지며, 거센 돌개바람이 적들을 강타했다.

홀로 무쌍의 경지를 보여 주는 북리겸을 보며 주유가 빠득 소리가 나도록 이를 갈았다.

"뼈만 남은 망자들 따위에 지지 마라! 너희들이야말로 멸세(滅世)의 날에 앞장설 혈교 최강의 병단이다!"

그는 수하들의 사기를 진작시키기 위해 크게 소리쳤지만, 전선의 어느 곳 하나 흑골괴들에게 이기고 있는 곳이 없었다.

그리고 그에겐 안타까운 사실은 아직 스켈레톤 마스터의 진가는 반도 전개되지 않았다는 점이었다.

[플레이어의 소환수, '스켈레톤 마스터'가 고유 특성 '체득화'를 자동 시전합니다.]

[현재 소환된 스켈레톤의 수, '946.']

[개체 수에 비례하여 '체득화' 과정이 길어질 수 있습니다.]

'체득화?'

유신운이 생전 처음 보는 '체득화'라는 고유 특성에 고개를 갸웃했다.

지난 전생에서 EX급의 스킬은 가져 본 적이 없었기에, 아직 그도 스켈레톤 마스터에 대해 모르는 부분이 많았다.

'뭐, 알아서 과정이 완성되면 설명이 되겠지.'

머리를 굴리던 유신운은 그렇게 결론을 내리고는 이내 다른 스켈레톤들에게 시선을 돌렸다.

절명검군 담풍, 아미파의 멸절사태.

낭왕 마호욱, 전대 사파련주, 사도공.

스켈레톤 엠퍼러 4인과 기천에 달하는 스켈레톤 병단이 미쳐 날뛰고 있었다.

"허억, 헉. 이놈들 왜 아무리 쓰러뜨려도 끝이 없는 거야."

"제발 좀 죽어라!"

동창 무사들이 마법과 무공을 동시에 사용하며, 고군분투하고 있었지만 흑골괴들은 끝없이 나타났다.

한데 무언가 이상했다.

유신운이 네크로노미콘 스킬을 사용하지 않는 이상, 그가 소환할 수 있는 스켈레톤의 숫자는 1천 기로 한정되었다.

한데 현재 전투를 치르고 있는 스켈레톤의 숫자는 이미 진즉에 천을 훨씬 넘은 상태였던 것이다.

"으아아!"

콰직!

그러던 그때, 동창의 무사 한 명이 참격을 날려 스켈레톤 하나를 반으로 쪼갰다.

힘겹게 겨우 한 명을 처치하고 다른 적을 노리려던 찰나.

끄드득!

끄극!

무사는 믿을 수 없는 광경을 목격하고 말았다.

"저, 저게 무슨?"

"……되살아나고 있어?"

반으로 쪼개진 스켈레톤이 초고속으로 재생하더니, 이내 두 명으로 불어난 것이었다.

['스켈레톤 마스터'로 인해 영역 내에 존재하는 SS급 이하의 '스켈레톤'들에게 '분열 증식(分裂 增殖)'의 특성이 개화되었습니다.]

'이거 스켈레톤 마스터가 있으면 따로 선의술로 버프를 줄 필요가 없겠네.'

스켈레톤 마스터는 자신의 강함 말고도 휘하의 스켈레톤들을 강화시키는 버프 효과도 지니고 있었다.

SSS급인 스켈레톤 엠페러들을 제외한 스켈레톤들은 파괴될 시, 한 번에 한해 역소환이 아닌 오히려 두 개의 개체로 분열하며 증식하게 되었다.

그 덕에 유신운 진영의 병력이 계속해서 늘어간 것이다.

그리고 스켈레톤 마스터의 버프 효과는 한 가지가 더 남아 있었다.

"끄극!"

스켈레톤에게 목을 붙잡힌 동창의 무사가 허공에서 발버둥을 쳤다.

그는 하얗게 질린 얼굴로 주먹에 대지 분쇄의 힘을 담아 정권을 날렸다.

두 명으로 불어나기 전에 놈을 박살 냈던 일격이었다.

꽈르르!

콰앙!

거대한 폭음이 울려 퍼졌지만.

"……!"

피할 새도 없이 정통으로 강타당했음에도 스켈레톤은 조금의 타격도 받지 않아 있었다.

'갑자기 왜 은총의 힘이…… 통하지 않는 것이…….'

뚜둑!

쿠웅!

동창 무사가 의구심을 풀기도 전에 목뼈가 부서지는 섬뜩한 소리가 울려 퍼지며 힘을 잃은 시체가 지면에 엎어졌다.

[영역 내의 플레이어의 모든 '스켈레톤'들에게 '사인 내성(死因 耐性)'의 특성이 개화되었습니다.]

스켈레톤 마스터의 두 번째 버프, 사인 내성은 분열 증식

직전 자신에게 가한 최후의 일격에 대한 완전한 저항력을 획득하는 버프였다.

동창 무사들은 전부 마법과 무공의 혼합기를 사용했는데 스켈레톤들이 그에 대한 내성이 생겨 버리자.

"사, 살려…… 컥!"

"끄극! 꼭!"

이제는 어떻게 해도 스켈레톤들을 이기지 못하는, 일방적인 학살의 영역까지 진행되고 있었다.

콰가가가!

콰아앙!

산처럼 쌓여 가는 참혹한 수하들의 시체를 바라보며 주유는 충격에서 쉽사리 헤어나지 못하고 있었다.

'……말도 안 돼. 내 무적의 병단이 이렇게 허무하게…….'

하지만 그런 그의 상념을 깨부수며.

우우웅!

파아앗!

"헉!"

무언가가 그의 눈앞에 번쩍하며 느닷없이 모습을 드러냈다.

점멸하는 섬광과 같은 빠르기로 움직인 북리겸이었다.

쐐애액!

콰가가가!

북리겸은 텅 빈 동공에서 광기 어린 불꽃을 이글거리며, 당황한 주유에게 십자로 교차한 참격을 쏟아 냈다.

몸이 네 조각으로 등분될 위기에 처한 주유가 이를 악물며 체내의 오염된 마나를 극한까지 끌어 올렸다.

지지징!

까가강!

'크윽!'

반투명한 거울 벽이 그의 앞에 모습을 드러내며, 북리겸의 공격을 막아 냈다.

반사 마법인 리플렉스였다.

티이잉!

휘익!

거울 벽과 격돌하며 거센 불꽃을 피워 내던 북이 겸의 도가 손에서 벗어나 멀리로 날아갔다.

'됐다!'

승기를 잡았다고 생각한 주유가 자신이 익힌 동창의 절세 무공 규화보전(葵花寶典)의 공력을 모두 끌어 올렸다.

쐐애액!

촤아아!

주유는 어느새 시체의 그것처럼 섬뜩한 푸른빛으로 변한 양손으로 귀명천라수를 펼쳤다.

먹잇감을 노리는 뱀처럼 현란하게 요동치며 그의 두 손이 북리겸의 목을 노리고 있었다.

[영역 내의 모든 스켈레톤의 '심득(心得)'과 '무리(武理)'를 '이해'하고 '체득'하는 데 성공하였습니다.]

하지만 그때, 유신운의 눈앞에 마지막 메시지가 떠올랐다.

휘익!

그와 동시에 위험에 처했던 북리겸이 허공에서 자신의 몸을 팽이처럼 핑그르르 회전하며 주유의 귀명천라수를 가볍게 피해 냈다.

탁!

타닥!

"……!"

게다가 거기서 멈추지 않고 허공을 땅처럼 유려하게 밟으며 주유의 머리 위로 번쩍 올라섰다.

사파의 무공 중 유일하게 곤륜의 운룡대팔식(雲龍大八式)과 비견될 수 있다고 칭해졌던.

전대 사파련주, '사도공'의 독문 무공 '흑천군림보(黑天君臨步)'가 펼쳐진 순간이었다.

'체득화라는 게 설마?'

당사자인 주유뿐만 아니라 유신운 또한 깜짝 놀라 북리겸을 주시했다.

그의 예상대로 북리겸의 무공은 거기서 그치지 않았다.

우우웅!

그그극!

활짝 펼친 북리겸의 양장에서 정순한 항마(降魔)의 기운이 휘몰아치고 있었다.

체득화의 권능.

그것은 바로 영역 내에 존재하는 모든 스켈레톤들이 생전에 완성했던 모든 깨달음과 무공을 전해 받는 것이었다.

아미파의 문주, 멸절사태가 생전에 수많은 마두들의 머리를 터뜨렸던 '복호곤룡장(伏虎困龍掌)'이 북리겸의 손에서 펼쳐졌다.

스아아!

콰가가가!

"크킥!"

북리겸의 양장이 주유의 양 귀를 박수치듯 강타했다.

양장에 담겨 있던 기운이 귓속에서 폭풍처럼 폭발하며, 모든 기관을 갈가리 찢어발겼다.

놈의 귓구멍에서 피가 줄줄 흘렀다.

찰나 동안 놈의 감각이 무너진 순간.

우우웅!

쐐애액!

바람을 가르며 저편에서 무언가가 섬전처럼 날아들었다.

푸욱! 푸푹!

섬뜩한 관통음과 함께 멀리 날아갔던 북리겸의 도가 수십의 검환을 그대로 담은 채 돌아와 주유의 가슴을 꿰뚫어 있었다.

이기어도(以氣馭刀)였다.

앞서 북리겸이 도를 놓친 것 또한 이 수를 위해 일부러 벌인 연극이었던 것이었다.

쿠우웅!

쿠궁!

허공에서 낙하해 바닥을 뒹구는 주유의 전신이 넝마처럼 너덜너덜해져 있었다.

처척!

북리겸이 모든 것을 끝내기 위해 그런 녀석에게 다가서던 그때.

스아아아!

콰아아!

주유의 전신에서 미지의 기운이 폭주하듯 쏟아지기 시작했다.

'……어디 한번 봐 볼까.'

그 모습을 지켜보는 유신운의 눈에도 이채가 감돌고 있었다.

지옥경에서 느꼈던 미지의 힘이 주유의 전신에서 와류처럼 휘몰아치고 있었다.

그와 동시에 지난 전투에서 북리겸에게 당했던 상흔들이 순식간에 전부 회복되었다.

스아아!

콰아아!

'죽여 버리겠어!'

흉포한 살기가 넘실거리는 가운데 유신운을 바라보는 주유의 두 눈이 어느새 피처럼 붉은빛으로 물들어 있었다.

그 어떤 강호의 고수라도 감히 숨조차 쉬지 못할 압박이 이어졌지만, 유신운은 가볍게 모든 기운을 받아쳤다.

유신운은 자신의 두 눈에 조화신기를 집중한 채 녀석의 신체 내부를 유심히 들여다볼 뿐이었다.

'왜 지옥경의 힘을 버틸 수 있는지 알겠군. 놈의 단전이 완전히 이형(異形)이야.'

그의 말처럼 주유의 단전은 일반적인 무림인의 그것과 완전히 달랐다.

평범한 이의 단전과 달리, 놈의 단전은 일그러진 태극(太極)의 형상이었다.

유신운은 몰랐지만 그것은 익힌 자의 음양(陰陽)을 전복시키는 규화보전만의 특성 때문이었다.

규화보전은 남성에게는 음의 힘을, 여성에게는 양의 힘을 폭주시켜 역천(逆天)의 힘을 얻는 무공이었다.

그 부작용으로 생식 능력의 상실과 단전이 기형화되었는데, 놈은 그 특성을 역이용하여 일그러진 단전의 반대 부분에 지옥경의 기운을 몰아넣은 것이었다.

'흐음, 본래의 기운과 완전히 배제된 공간에 기운을 몰아넣어야 한다는 건데…….'

유신운이 그렇게 미지의 기운을 품을 방법에 대한 실마리를 알아차린 그때.

타닷!

파바밧!

북리겸이 진각을 박차며 전광석화처럼 앞으로 돌진했다.

스르릉!

촤아아!

적의 심상치 않은 변화를 눈치챘는지 이전의 공격보다 더한 기운을 담고 이기어도가 펼쳐지고 있었다.

"시체야! 나도 도와주마!"

타다닷!

칼날처럼 날카로워진 손톱으로 동창의 무사들을 반 토막을 내고는 여득구 또한 북리겸을 쫓으며 주유에게 달려들었다.

그 모습을 바라보는 주유의 눈에는 이전과 달리 가소롭다는 감정만이 떠올라 있었다.

"벌레만도 못한 놈들이 감히 누구에게 이빨을 들이미는 것이냐!"

스아아!

촤아아!

다시금 허공으로 날아오른 주유의 손아귀에 미지의 기운이 미쳐 날뛰기 시작했다.

"죽어랏!"

그런 찰나, 여득구의 거친 포효와 함께 두 존재가 동시에 허공으로 높이 뛰어올랐다.

쐐애액!

콰가가!

먼저 여득구가 양손으로 허공을 찢어발기듯 할퀴자, 초승달 형상의 참격 열 개가 동시에 주유에게 쏟아졌고.

콰즈즈!

콰가가!

그 참격의 태풍에 숨어 북리겸의 이기어도가 주유의 심장을 꿰뚫을 기세로 나아갔다.

파즈즈!

파지직!

그 순간, 아지랑이처럼 피어오르던 주유의 기운이 불꽃의 형상이 되어 활활 타오르기 시작했다.

좌아아!

파밧!

주유가 섬전과 같은 빠르기로 허공에서 사라졌다.

콰가가!

목표물을 잃은 참격과 이기어도가 애꿎은 허공에 꽂혔다.

반요와 언데드의 합격은 너무도 허무하게 무위로 되돌아갔다.

'대체 어디에 있는 거지?'

상대의 상상을 초월한 속도에 여득구가 움직임을 놓치고 당황하여 주변을 급히 살폈다.

하지만 어느 곳에도 주유의 모습은 보이지 않았다.

'……흡!'

그때, 그의 생존 본능이 미친 듯이 위험을 알렸다.

여득구는 당장 몸을 회전시켜 회피하려고 했지만.

처척!

여득구와 북리겸의 등 뒤를 점하며 주유가 나타났다.

좌악!

주유는 먹잇감을 낚아채는 수리처럼 양손으로 여득구와 북리겸의 목덜미를 붙잡았다.

"사라져라!"

주유의 한마디와 함께 놈의 손에서 타오르고 있던 기운이 섬광처럼 빛을 발하였다.

'리버스 에테르(Reverse Ether)!'

유신운은 한눈에 녀석이 펼치는 마법이 무엇인지 알아차렸다.

놀랍게도 8서클에 달하는 대마법이 녀석의 손에서 펼쳐지고 있었다.

화르르르!

콰가가가!

"크아악!"

거대한 폭음과 함께 여득구와 북리겸이 지면에 내리꽂혔다.

미지의 기운으로 펼쳐지는 마법은 이전의 것과는 궤를 달리하는 파괴력을 담고 있었다.

"크윽!"

운석공(隕石孔)처럼 깊게 파인 두 구덩이에서 여득구와 북리겸이 겨우 몸을 일으키던 그때.

"완전히 끝내 주마!"

그 순간을 놓치지 않고 주유가 마무리를 위해 다시 한 번리버스 에테르를 쏟아 냈다.

스오오!

타앗!

그때, 드디어 놈의 힘을 전부 파악한 유신운이 선풍(旋風)

을 일으키며 몸을 움직였다.

처척!

우우웅!

순식간에 두 사람의 앞에 도착한 유신운은 어느새 꺼낸 삼첨도를 맹렬히 회전시키기 시작했다.

콰르르!

콰가가가!

거세게 일어난 삼첨도의 뇌기의 폭풍과 리버스 에테르가 격돌했다.

'무슨……!'

두 힘이 상쇄되며 동시에 사라지기 시작하자 주유가 놀란 표정을 숨기지 못했다.

자신의 힘을 이리 가볍게 파훼할 줄 몰랐기 때문이었다.

'뭐, 그 힘 하나면 날 손쉽게 해치울 수 있다고 생각했나 보지?'

유신운은 그런 녀석을 보며 비릿하게 웃었다.

"크윽, 형님."

그때, 여득구가 신음을 흘리며 곁으로 다가왔다.

그러자 유신운이 녀석의 상태를 훑었다.

여득구는 초재생으로, 북리겸은 언데드 특유의 회복력으로 겉모습은 정상의 것으로 돌아와 있었지만…….

그의 눈에는 피해를 숨길 수 없었다.

완전히 전투 불능이 된 것은 아니지만, 더는 주유와의 싸움은 힘들 것 같았다.

유신운이 여득구의 어깨를 토닥이며 말을 꺼냈다.

"너희들은 황궁의 남은 사람들을 대피시켜라. 이제부터 놈은 내가 맡을 테니."

"……예!"

여득구는 돕고 싶은 것 같았지만, 방금 일전으로 상대와의 격차를 알아차렸는지 굳은 얼굴로 고개를 끄덕였다.

여득구와 북리겸이 소란스러운 황궁 안으로 몸을 날렸다.

"흥! 겁쟁이 놈이 이제야 수하들의 뒤에서 나오는구나."

그때 주유가 코웃음을 치며 말을 꺼냈다.

그는 유신운이 자신에게 완전히 겁에 질렸다고 생각하고 도발을 한 것이었다.

"뭐라는 거야, 그 한낱 수하들한테 쩔쩔매던 새끼가."

"……뭐, 뭣!"

하지만 유신운은 상대의 수작에 넘어가지 않았다.

설전(舌戰)에서도 그를 이길 자는 없었다.

되려 도발에 넘어간 주유가 빠득, 이를 갈며 말했다.

"……오냐, 네놈의 사지를 갈가리 찢어 황문 앞에 걸어 주리라."

"그래, 어디 한번 열심히 해 보라고."

촤아아!

콰가가가!

순간 주유의 전신에서 다시 한번 미지의 기운이 활화산처럼 솟구쳐 올랐다.

두드드드!

그그극!

"헉!"

"무, 무슨!"

동창의 무사들과 황군이 몸을 비틀거리며 당혹한 신음을 흘렸다.

갑자기 지진이 일어난 듯 지축이 뒤흔들리고 있었기 때문이었다.

"대지에 깔려 죽어라!"

콰가가가!

콰르르!

주유의 일갈과 함께 유신운이 발을 딛고 있던 땅이 파도치듯 거세게 흔들리며 부서진 암석들이 해일처럼 밀려들었다.

대지를 뒤틀어 적을 산산이 조각내 버리는 땅 속성의 8서클 마법, 그라운드 오브 그레이브(Ground of Grave)였다.

"크아악!"

"끄억!"

동창의 무사들과 황군들을 제물로 삼으며 자신에게 밀려드는 암석의 급류에도.

'많은 속성을 다룬다는 게 큰 장점처럼 보이지만, 그건 달리 말하면…….'

우우우웅!

촤아아!

유신운은 조금의 두려움도 없이 조화신기를 끌어 올렸다.

'……어느 속성 하나 특출한 게 없다는 거지.'

유신운은 이번에는 상대를 사령술 하나로 꺾어 주기로 마음먹었다.

다음 순간, 유신운은 전신에서 폭풍처럼 휘몰아치는 조화신기를 양손에 집중하며 스킬을 시전했다.

"역병창궐(疫病猖獗)."

스아아!

콰아아아!

유신운의 손에서 칠흑의 운무(雲霧)가 끝없이 펼쳐지기 시작했다.

그 기운은 마치 살아 있는 생명체처럼 움직이며, 유신운을 덮치는 거대한 암석들을 휘감았다.

"……!"

주유의 눈이 커다래졌다.

이유는 간단했다.

'무, 무슨?'

치이이익!

치이이!

유신운을 깔고 뭉갰던 암석들이 운무에 닿은 순간, 그대로 흔적도 없이 녹아내렸기 때문이었다.

"자, 그럼 내 차례지?"

유신운의 전신에서 어느새 육혼번의 옷깃이 넘실거리고 있었다.

파밧!

대지를 박차며 유신운이 주유가 올라선 허공으로 몸을 날렸다.

'왜, 왜지?'

분명히 자신이 더욱 강대한 힘을 지니고 있음에도, 미친 듯이 요동치는 심장의 박동을 느끼며 주유가 당혹스러워했다.

"크윽!"

하지만 애써 그 감정을 숨기며 자신의 목을 베기 위해 날아드는 유신운을 향해 새로운 권능을 펼쳐 보였다.

파즈즉!

파지직!

주유의 등 뒤에서 뇌전이 미친 듯이 피어오르기 시작하더니.

"하아앗!"

사자후와 함께 주유가 팔을 뻗자 완성된 라이트닝 스톰

(Lightning Storm)이 유신운을 향해 날아들었다.

모든 것을 재로 만들어 버릴 것 같은 모습의 번개 폭풍이었지만.

'당황하긴 했나 보군.'

유신운은 조금도 막거나 피할 생각도 없이 그냥 그대로 라이트닝 스톰을 온몸으로 받아 냈다.

'아차!'

주유가 그 모습을 보며 안타까움에 혀를 찼다.

우우웅!

우웅!

뇌전의 기운이 한계를 넘어서까지 충전된 삼첨도가 기분 좋은 울음을 만들었다.

뇌기를 모두 흡수하고 황금빛으로 빛나는 뇌신(雷神) 그 자체가 된 유신운이 주유를 비웃었다.

"뭐지? 빨리 죽고 싶어서 도와주는 건가?"

"닥쳐라!"

주유가 발작하듯 소리치며 합장하듯 양손을 모았다.

쐐애액!

스아아아!

이번에는 음속을 넘는 속도로 회전하는 수십 개의 회오리 바람이 모습을 드러냈다.

자신을 갈아버릴 기세로 날아드는 소닉 트위스트(Sonic

Twist)들을 보며.

'팬텀 카니발.'

유신운 또한 또 다른 스킬을 시전했다.

스아아!

좌아아!

순간, 공간에 자리한 모든 이들의 그림자가 주인의 곁을 떠나 유신운의 곁으로 치솟아 올랐다.

축제를 하듯 모여든 그림자들이 하나의 거대한 창날이 되어 폭풍들을 꿰뚫었다.

악령처럼 미쳐 날뛰는 그림자는 폭풍들을 순식간에 모두 잠재웠다.

주유는 자신의 모든 힘이 연이어 파훼되자, 떨리는 눈동자를 숨기지 못했다.

'위, 위험하다!'

그는 생애 처음으로 선명한 죽음의 공포를 느끼며, 최후의 순간까지 참고 있던 권능을 발현하기로 결정했다.

우우웅!

거센 진동음과 함께 주유의 전신을 희뿌연 보호막이 덮었다.

최고위 방어 마법 중 하나인 앱솔루트 실드(Apsolute Shield)였다.

'빨리, 조금이라도 빨리 완성해야해.'

그 보호막 속에서 주유가 선천진기까지 사용하며 권능을 준비하기 시작했다.

화르릌!

콰가가!

오른손에는 빙결계 최강 마법인 블리자드를.

왼손에는 염화계 최강 마법인 헬파이어가 형상을 갖추기 시작했다.

'조금만, 조금만 더.'

주유는 피를 말리는 심정으로 권능을 완성시켜 나갔지만.

파밧!

"……흐읍!"

안타깝게도 그보다 한발 앞서 유신운이 그의 앞에 당도했다.

우우우웅!

유신운이 양손에서 황혼처럼 빛나는 어둠의 광채를 앱솔루트 실드에 쏟아 냈다.

그 힘의 이름은 사멸찬가(死滅讚歌).

가로막는 모든 종류의 보호막을 제거하는 힘을 지닌 스킬이었다.

"……!"

사멸찬가에 닿은 앱솔루트 실드가 힘없이 벗겨지고.

두 사람의 눈이 허공에서 맞닿은 그 순간.

"멸망의 황혼(Ruinous Dusk)."

유신운이 전생의 마지막 순간.

그리핀 길드의 본사를 지도상에서 지워 버린 극대 소멸마법을 펼쳤다.

콰르르릉!

콰가가가!

유신운에게서 쏟아진 힘의 파동이 황궁을 무너뜨리고 있었다.

황혼의 어스름한 광채가 시야를 덮었다.

눈을 끔뻑이자 아무것도 보이지 않는 칠흑 같은 어둠만이 펼쳐져 있었다.

'모든 것이 꿈이었나?'

그 순간, 주유는 지금까지 전투 중이었다는 사실이 환몽(幻夢)처럼 느껴졌다.

그는 계속해서 달콤한 꿈에 빠져 있고 싶었지만.

화르르륵!

콰드득!

"크아아악!"

뒤늦게 온몸이 타오르는 듯한 극심한 고통이 몰려왔다.

그가 다시 한번 눈을 끔뻑이자 어둠의 장막이 걷히고 차가운 현실의 모습이 돌아왔다.

그는 인지하지도 못한 사이, 허공에서 추락해 황궁의 무너져내린 성벽의 파편에 처박혀 있었다.

먼지와 피로 엉망진창이 된 자신의 모습을 확인한 그는 비틀거리며 몸을 일으켰다.

아니, 일으키려 했다.

땅을 짚으려던 오른팔이 움직이지 않았다.

조금의 감각도 느껴지지 않았다.

그는 헤엄을 치듯 허우적거리다가 끔찍한 사실을 알아차렸다.

'파, 팔이……!'

그의 오른팔이 어깨 부위부터 흔적도 없이 사라져 있었다.

유신운이 쏘아 낸 가공할 기운이 만들어 낸 결과였다.

비틀거리며 겨우 몸을 일으킨 주유가 유신운을 노려보았다.

"쯧, 목표는 머리였는데 아깝군."

여유가 넘치는 상대는 혀를 차며 자신을 농락할 뿐이었다.

'저 씹어 먹어도 시원찮을 놈이!'

"쿨럭!"

치밀어 오른 화기에 감정을 조절하지 못한 주유의 입에서 검은 피 한 움큼이 쏟아졌다.

거칠게 입을 닦은 주유는 다시금 기운을 끌어 올렸다.

우우웅!

스아아!

그는 권능의 힘으로 오른팔을 회복하려 했지만.

'크윽! 왜, 왜 낫지 않는 거야?'

기운을 쏟아붓고 있음에도 오른 팔은 조금도 나아질 기미가 보이지 않았다.

그렇게 뭐 마려운 변견(便犬) 마냥 끙끙대고 있는 상대를 보며, 유신운이 얼굴에 비소를 띠었다.

'아무리 최상급의 회복 마법을 사용해 봐라. 아까운 기운만 날릴 뿐일 테니까.'

멸망의 황혼은 말 그대로 '소멸'을 다루는 사령술이었다.

멸망의 황혼에 파괴된 신체는 어떠한 회복 스킬로도 복구할 수가 없었다.

전생에서 강태하가 지녔던 가장 강력한 사령술인 이유가 거기에 있었다.

'뭐, 이제는 더 강력한 스킬들이 여럿 생겼지만.'

그렇게 생각을 마무리하며 유신운이 삼첨도를 고쳐 잡았다.

파밧!

유신운의 신형이 그 자리에서 사라졌다.

너무도 쾌속한 빠르기에 모습을 감춘 것처럼 보이지만, 유신운은 전광석화처럼 돌진해 주유의 목을 치며 마무리를 하려 하고 있었다.

그 찰나의 순간 주유의 머릿속이 빠르게 회전했다.

'……인정하자. 은총의 힘으론 안 돼. 이제 방법은 하나 뿐이야.'

그는 오로지 살아남기 위해 자존심조차 집어던지고 현실을 직시했다.

쐐애액!

촤아아!

하지만 그보다 한발 앞서 거대한 뇌기를 담고 있는 유신운의 삼첨도가 주유의 목을 노리며 날아들고 있었다.

유신운이 모든 것이 끝을 맺으리라 생각한 그때.

스아아!

콰아아!

"……!"

갑자기 주유의 전신에서 미지의 기운이 솟구치며, 거대한 충격파를 발산했다.

우우웅!

우웅!

그와 동시에 유신운의 품에 있는 지옥경이 심상치 않은 공명음을 발산하기 시작했다.

충격파를 무시하고 그대로 칼날을 휘두르면 주유의 목을

칠 수 있었지만.

'무언가가 온다!'

유신운은 정체를 알 수 없는 위협을 느끼고는 급히 공격을 멈추고, 뒤로 몸을 날렸다.

그리고 그 순간.

슈우우!

콰가가!

방금 전까지 유신운이 서 있던 공간이 강대한 힘에 짓뭉개져 있었다.

조금만 늦었더라면 심각한 타격을 받았으리라.

"……!"

뒤이어 주유를 바라본 유신운의 눈동자가 커졌다.

'저건 대체!'

미지의 기운이 피어올라 있는 주유의 등 뒤의 허공에 인외(人外)의 존재가 모습을 드러내어 있었다.

"으아아!"

"지, 지옥의 야차(夜叉)가 강림했다!"

뒤늦게 존재를 확인한 동창의 무사들과 황군들 또한 당황한 모습을 감추지 못했다.

성벽에 필적하는 거대한 크기, 불이 붙은 듯 타오르는 머리카락과 시뻘겋게 충혈된 두 눈.

놈의 모습은 황군들이 소리치는 말처럼 지옥의 죄인들을

다스린다는 야차의 것과 똑같았다.

차갑게 가라앉은 시선으로 상대를 바라보던 유신운은 그제야 지옥경의 진정한 힘이 저 존재와 연관된 것임을 깨달았다.

그때, 야차의 시선이 주유를 향했다.

ー……인간, 다시 나를 불렀군.

'크윽!'

유신운이 미간을 찌푸렸다.

야차의 목소리가 울려 퍼지자 조화신기가 격동하고 있었다.

그러나 주변의 다른 이들은 아무런 반응이 없었다.

목소리를 들을 수 있는 것은 오로지 유신운과 주유뿐인 듯했다.

그때 야차가 다시금 입을 열었다.

ー……또 힘이 필요한가.

야차의 말에 잠시 눈동자가 흔들렸던 주유는.

'모든 것은 교를 위해 행하는 것이다. 저놈을 해치우지 않고서는 제대로 정화를 할 수 없으리라.'

금세 결론을 짓고는 대답했다.

ー그렇소! 그대의 수하들이 필요하오!

ー……그렇다면 이번에는 무엇을 바칠 것인가.

파바밧!

주유의 목적을 깨달은 유신운이 진각을 박차며 앞으로 돌진했다.

조화경의 힘을 전력으로 전개한 유신운이 야차와 주유를 동시에 베어 넘기려 했지만.

드그그극!

콰가가가!

어느새 야차가 펼쳐 놓은 힘의 결계에 가로막혀 공격이 무효로 돌아가고 말았다.

—바치는 것은 이놈들의 영혼과 황도에 살아가는 양민 1만명의 영혼! 그리고 목적은 저놈의 죽음이오!

야차의 눈동자가 유신운을 향했다.

놈의 시선에 온몸이 얼어붙는 듯했지만, 유신운은 조화신기를 끌어 올리며 놈에게 맞섰다.

그러자 야차의 눈빛에 왠지 모를 이채가 떠올랐지만, 유신운은 이유를 알 수 없었다.

—……맹약은 이루어졌다. ……약조를 지키지 못할 시 모든 것은 그대가 책임져야 할 것이다.

스아아아!

콰아아!

야차의 말과 함께 미지의 기운이 대지에 수많은 소환진을 그려 내기 시작했다.

"모두 피해!"

유신운이 그 모습을 보며 이후 일어날 참극을 예상하곤 아직도 머뭇거리고 있는 황군에게 소리쳤다.

하지만 주유와 야차가 나누는 대화를 듣지 못한 그들이 적인 유신운의 말을 들을 리 없었다.

"히익!"

"저, 저게 무슨?"

결국 소환진 속에서 광포하기 짝이 없는 미지의 기운을 흩뿌리며 새로운 존재들이 모습을 드러내었다.

온갖 맹수들을 한데 합쳐 놓은 듯한 괴이한 짐승.

푸른 눈과 검은 몸에 야차와 같이 타오르는 듯한 붉은 머리털을 지닌 인괴(人傀).

지옥수(地獄獸)와 그들을 이끄는 나찰사(羅刹娑)들이 현세에 강림한 순간이었다.

─크르르르!

─그오오!

놈들이 포효를 내지르자 듣는 이의 심령이 뒤흔들렸다.

"크아악!"

"끄극!"

본능적인 공포를 느낀 동창의 무사들과 황군이 귀를 막으며 고통스러워했다.

촤아아!

콰가가!

유신운은 조화신기를 끌어 올리며 심령을 파고드는 놈들의 공격을 막아 냈다.

정신계 스킬에 대한 완전한 면역을 지닌 유신운이었지만, 지옥수와 나찰사의 힘은 그런 그에게조차 효력을 미치고 있었다.

그리고 다음 순간.

심령이 장악당한 동창의 무사들과 황군들이 비참한 최후를 맞이하기 시작했다.

콰드득!

콰직!

지옥수와 나찰사들이 그들을 산 채로 씹어 먹기 시작하였다.

"······!"

"······!"

그들은 고통에 찬 비명도, 괴물들에게 자신들을 바친 주유에게 분노도 쏟아 내지 못하고 산 제물이 되어 죽어 가고 있었다.

그그그!

콰가가!

그리고 그렇게 그들이 하나씩 죽어 갈 때마다 지옥수와 나찰사들의 힘이 확연하게 강해져 가고 있었다.

"그르르!"

"크아아!"

그런 찰나, 겨우 정신을 차린 동창의 무사들이 몬스터의 모습 그대로 적에게 달려들었다.

놈들은 오염된 마나를 최대한 끌어 올리며 자신들이 지닌 최강의 일격을 펼쳐 냈다.

화아아!

스아아!

"그, 그르?"

"키엑!"

하지만 그들의 공격은 지옥수와 나찰사에게 닿기도 전에 실패로 돌아갔다.

놈들에게 가까이 다가간 순간, 그들의 오염된 마나가 흔적도 없이 흩어졌기 때문이었다.

힘의 근원이 사라진 그들은 한낱 짐승에 불과하였다.

스윽!

포식에 취해 있던 지옥수와 나찰사의 시선이 그들에게 향했다.

서거걱!

콰직!

녀석들이 다시금 미쳐 날뛰며 자신들의 먹잇감을 목구멍으로 넘기기 시작했다.

그 처참한 광경을 바라보며 유신운은 빠르게 녀석들의 상대법을 파악했다.

'육신을 삼킬 때마다 힘을 얻고, 가까이에만 가도 강제로 내기와 마나를 흡수한다라…….'

싸움법이 서로 매우 유사했지만, 상대한다면 유신운이 불리했다.

미지의 기운은 조화신기와 상극이기에 흡수할 수 없기 때문이었다.

그 말인즉 싸울수록 유신운의 힘만 소모되고 상대는 강해진다는 뜻이었다.

'그렇다고 이대로 내버려 둘 수도 없어. 동창의 무사들을 처치하고 나면 놈들은 양민들에게까지 손을 뻗칠 거다.'

황도의 양민 1만 명을 바친다, 주유는 분명히 그렇게 말을 했었다.

그렇게 고민이 깊어 가던 그때.

우우웅!

우웅!

유신운의 품속에서 지옥경이 다시금 공명하기 시작했다.

그가 미간을 찌푸렸다.

─……바치겠는가.

그의 머릿속으로 지옥경의 사념이 들려왔기 때문이었다.

지옥경은 유신운도 주유처럼 제물을 바치고, 같은 존재들을 소환하라고 유혹하고 있었다.

그것이 가장 빠르고 확실한 해결책이라는 듯이.

'헛소리하지 마라.'

하지만 유신운은 단칼에 놈의 유혹을 거절했다.

처척!

그아아!

그러곤 삼첨도에 뇌기를 충전하며 격전을 준비하였다.

ㅡ크르르!

순간, 제 먹잇감을 모두 먹어치운 지옥수 1마리가 유신운에게 맹렬히 달려들었다.

쿠웅!

쿠궁!

놈의 걸음마다 지면이 부서지며 움푹 파이고 있었다.

콰르릉!

유신운이 거대한 뇌성(雷聲)을 터뜨리며 비뢰신을 발휘했다.

그는 피하지 않고 정면으로 지옥수를 맞상대했다.

유신운이 양손으로 쥔 삼첨도를 일점(一點)을 향해 빛살과 같은 빠르기로 찔러 냈다.

뇌운십이검 신운류 창식.

보패혼합기.

뢰광류하 + 기뢰폭(氣雷爆).

기폭광류하(氣爆狂流河) 삼연격(三連擊).

찰나의 순간, 유신운의 창날이 수십, 수백 번 적을 꿰뚫었다.

그리고 그럴 때마다, 유신운의 창끝에서 거대한 벼락이 뿜어졌다.

모든 것을 불태울 듯한 거대한 힘이 쏟아졌지만.

─그르르!

그 뇌기를 그대로 받아 낸 지옥수는 어떠한 상흔도 없었다.

유신운의 공격이 무(無)로 되돌아간 것이다.

그 광경을 목격한 주유가 한껏 기세등등해져 폭소를 터뜨렸다.

"으하하! 겁에 질린 표정이 볼만하구나! 행여나 도망칠 생각은 하지 마라. 이놈들의 손아귀에서 절대 벗어나지 못할 테니까."

주유는 그렇게 자신의 승리를 자신했다.

……하지만.

첫 전투를 치른 유신운의 감상은 녀석의 말과 전혀 달랐다.

유신운은 주유는 전혀 신경도 쓰지 않은 채, 떠오른 의문을 계속해서 되새기고 있었다.

'뭐지? 이놈들 내 힘은 전혀 빼앗지 못하는데?'

그랬다.

지옥수와 마찬가지로 유신운 또한 놈들의 기운 흡수와 기운 파괴에 아무런 피해도 받지 않았던 것이다.

그만의 착각은 아닌 것이, 모든 지옥수와 나찰사 들이 유신운을 바라보며 당혹감을 숨기지 못하고 있었다.

'……설마?'

그러던 그때, 유신운은 머릿속으로 한 가지 가능성을 떠올렸다.

'……내 혼(魂)이 본래 이 세계의 것이 아니어서 놈들의 힘이 통하지 않는 건가?'

당황스럽지만 그것밖에는 이 상황이 설명되지 않았다.

씨익.

그런 찰나, 유신운이 입꼬리를 말아 올렸다.

자신이 적의 천적이라는 것을 깨달은 순간, 싸움은 이미 끝난 것이나 다름없었다.

'새로운 노예…… 아니, 소환수가 생기겠군.'

순간, 유신운은 그저 새로운 소환수가 생길 것을 기뻐하며.

우우웅!

"네크로노미콘 종장."

자신의 손에 마도서(魔導書)를 불러냈다.

5장

주유는 유신운의 손에서 범상치 않은 기운을 뿜어내는 의
문의 비서를 유심히 바라보았다.

혹여 상대도 지옥경의 힘을 사용하려는가 싶었던 것이다.

'……지옥경이 아니잖아?'

하지만 그의 예상과 달리 유신운이 들고 있는 비서는 지옥
경이 아니었다.

스아아!

"……!"

주유의 눈이 커다랗게 떠졌다.

유신운이 들고 있던 비서가 칠흑의 광채를 뿜어내더니, 곧
재가 되어 허공에 흩뿌려졌기 때문이었다.

‘자신의 힘조차 제어하지 못하는 것인가? 한심하기 짝이 없는 놈.’

그가 그렇게 속단하며 비웃음을 지어 보이던 그때였다.

스아아!

촤아아!

주변을 바라보는 그의 눈빛에 당혹감이 서렸다.

—그오오!

—크르르?

지옥수와 나찰사들 또한 급히 주변을 훑으며 이상을 감지했다.

‘이, 이게 무슨……?’

세계가 색(色)을 잃어 가기 시작했다.

오색찬란하던 세상이 빠르게 재와 같은 회색빛만이 남아 있었다.

알 수 없는 불안감을 느낀 주유가 급히 하늘 높이 떠올랐다.

“……!”

황도의 전경을 확인한 주유의 얼굴이 딱딱하게 굳었다.

황궁 너머의 세상은 아무것도 존재하지 않는 무(無)의 세계가 펼쳐져 있었다.

‘이렇게 어이없이 공간진에 갇혀 버렸다고?’

말도 안 되는 일이었다.

어떤 조짐도, 기운의 변동도 없이 펼쳐지는 공간진이라니.

'어디서 별 같잖은 보패를 가져왔구나.'

빠득!

그는 이를 갈며 품속에서 보패, 흑오령(黑烏鈴)을 꺼내 들었다.

이런 상황에 대비해 십천군 중 하나인 장천군(張天君)에게 받아 놓은 공간 보패였다.

공간진은 더욱 강력한 공간진으로 덮어 무력화시킬 수 있었다.

"흑오령이여, 힘을 발휘하라."

주유가 기운을 담아 방울이 달린 흑오령을 흔들었다.

싸아-.

'……?'

하지만 그가 아무리 흑오령을 열심히 흔들어도 세계는 조금도 변화하지 않았다.

그 말이 의미하는 바는 하나였다.

'마, 말도 안 돼. 아예 공간진을 펼칠 수도 없다고?'

유신운이 펼친 이 공간진이 다른 모든 힘을 억압할 정도로 상상을 초월할 힘을 지니고 있다는 것이었다.

그가 당황해 어찌할 바를 모르고 있던 그때, 유신운은 눈앞에 떠오른 시스템 메시지를 확인하고 있었다.

[플레이어가 독자적인 '만신전(萬神殿)'을 구축하는 데 성공

하였습니다.]

[플레이어의 '인과율'의 힘이 강대해질수록 세계가 더욱 넓어집니다.]

[만신전의 세계에 존재하는 동안, 플레이어의 '의념'의 힘이 더욱 강화됩니다.]

[만신전의 세계에 존재하는 모든 적의 '의념'의 힘이 매우 약화됩니다.]

'만신전? 의념?'

메시지에 적힌 생전 처음 보는 개념에 유신운은 의아해하고 있었다.

네크로노미콘 종장은 EX-급의 스킬.

전생에서도 경험이 없는, 최초로 사용해 보는 스킬이었다.

본래의 목적은 양민들을 습격할 지옥수와 나찰사 들을 가두려는 것이었지만.

유신운은 직감적으로 새롭게 얻은 힘들이 자신에게 새로운 경지를 개화하게 할 것을 깨달았다.

"뭣들 하고 있어! 당장 저놈을 죽여!"

그러던 그때, 주유가 지옥수와 나찰사들을 향해 커다랗게 소리쳤다.

-크아아!

-그오오!

두두두!

콰가가가!

그와 동시에 수십의 거대한 괴물들이 유신운에게 달려들었고, 주유는 허공에서 퍼부을 또 다른 고위 마법을 준비했다.

하지만 모든 것을 파괴하며 돌진하는 적들의 모습에도 유신운은 조금도 흔들리지 않았다.

'흐음, 아무래도 만신전은 공간진의 상위 개념인 것 같고. 의념은 조금 파악할 시간이 필요하겠군.'

그런 생각을 하며 유신운이 조화신기를 끌어 올리며, 제 손가락을 튀겼다.

우우웅!

촤아아!

회색의 대지에 소환진이 끝없이 펼쳐지기 시작했다.

그리고 그 속에서 스켈레톤 부대가 해일처럼 쏟아져 나오기 시작했다.

네크로노미콘 종장 또한 서장과 마찬가지로 그가 소환할 수 있는 병력의 제한이 풀리는 것은 동일하였다.

자신만만하게 유신운을 향해 달려들던 지옥수들과 나찰사들이 스켈레톤들에게 가로막혀 있었다.

쐐애액!

콰가가!

힘의 차이는 명백했기에 지옥수가 아가리를 벌리고, 나찰사들이 손톱을 휘두를 때마다 스켈레톤들이 박살이 났지만.

우우웅!

우우웅!

그렇게 부서진 숫자보다 새롭게 소환되는 스켈레톤들의 숫자가 더 많았다.

"내가 길을 열 것이다! 적을 죽여라!"

그때 마침내 마법을 완성시킨 주유가 커다랗게 소리쳤다.

슈우우!

콰가가!

허공에 새겨진 거대한 마법진 속에서 불에 타오르는 운석 조각들이 유신운을 향해 낙하하고 있었다.

8서클 마법 중 가장 강력한 위력을 지닌 메테오 스트라이크였다.

꽈르르릉!

콰아아앙!

운석 조각들이 대지를 강타하며 거대한 충격파를 만들었다.

파바밧!

촤아아!

유신운은 조화경 중급의 힘을 최대로 끌어 올려 힘의 파동들을 완벽히 피해 냈다.

수많은 운석공(隕石孔)들이 지면에 생겨나 있었다.

─크아아!

그때 주유가 만든 빈틈을 노려 지옥수 중 한 마리가 겨우 유신운에게 가까이 다가오는 데 성공했다.

해골 병단이 다시금 달려들었지만 지옥수가 한발 빨랐다.

처척!

무슨 이유에선가 유신운은 어떠한 보패도, 무기도 꺼내지 않은 채 적수공권으로 녀석을 상대할 자세를 취했다.

놈은 흉험한 기운이 깃든 이빨로 유신운을 갈기갈기 찢어버릴 기세였다.

그리고 그런 일촉즉발의 상황에서.

"무한의 심장(The heart of infinity)."

유신운이 입을 달싹였다.

스아아!

촤아아!

흉험하기 짝이 없는 보랏빛의 기운이 유신운의 온몸에서 쏟아졌다.

하지만 단지 그뿐. 상황에 큰 변화는 없었다.

콰드득!

콰직!

지옥수의 날카로운 이빨이 유신운의 흉부를 꿰뚫었다.

지옥수의 입안에 장기 조각과 피가 흘러들어 왔다.

죽음을 선사했으니 혼을 거둬 가려던 그때.

지옥수가 무슨 이유에선가 흠칫 놀랐다.

―……끼깅!

살점을 꿰뚫은 이빨이 무언가에 꽉 붙잡힌 것처럼 빠져나오지를 못하고 있었다.

마구잡이로 머리를 흔들었지만 인간은 떨어지지를 않았다.

당황한 기색을 숨기지 못하며 녀석이 고개를 들자.

분명히 죽음을 맞이하였어야 할 인간이 오히려 미소를 지은 채 자신을 바라보고 있었다.

유신운이 시전한 '무한의 심장'은 네크로노미콘 종장을 펼쳤을 때만 사용 가능한 스킬로, 그 능력은……

'진정한 네크로맨서의 싸움이 뭔지 보여 주지.'

사령술사 본인에게 언데드(Undead)의 특성.

즉 한없이 불사(不死)에 가까워지는 초재생 능력을 선사하는 것이었다.

콰드득!

유신운은 이빨에 몸에 꿰뚫린 채, 양손으로 지옥수의 아가리를 강제로 벌리기 시작했다.

치이익!

지옥수의 피부는 끓어오르는 용암과 같은 온도를 지니고 있었기에, 유신운의 손이 순식간에 까맣게 타들어 갔지만.

"더 벌려! 이 새끼야!"

콰직!

까득!

—끼긱!

뼈와 살점이 훤히 보이는 엉망이 된 손으로 유신운은 지옥수의 아가리를 활짝 찢어 버렸다.

지옥수가 흉하게 덜렁거리는 자신의 아래턱 때문에 신음을 흘리는 동안.

푸푹!

푸욱!

유신운은 자신의 가슴에 박힌 거대한 이빨을 뽑아내어 바닥에 내던졌다.

스아아!

촤아아!

유신운의 흉부에 난 상처들이 빠르게 회복되어 갔다.

—키에에!

갑자기 지옥수가 또다시 발광을 하기 시작했다.

놈의 흉부에 무언가에 물린 것 같은 상처가 나타나 있었다.

'무한의 심장'의 또 하나의 효능.

자신이 입은 상처와 고통을 상대에게 그대로 전달하는 권능이 발현된 탓이었다.

하지만 그런 참혹한 결과에도 정작 유신운은 전혀 만족스러워하지 않고 있었다.

'마무리를 지을 하나가 부족해.'

조화신기를 쏟아 넣었고, EX급 스킬까지 사용했음에도 적들의 생명을 위협할 치명상을 입히지 못했기 때문이었다.

눈앞의 지옥수도 고통에 겨워하고 있었지만, 결국 죽지 않고 꿋꿋이 버티고 있었다.

상대도, 자신도 서로를 죽이지 못하는 이런 시간이 지속되면 결국 손해는 유신운이 클 수밖에 없다.

혈교의 지원군이 오기 전에 한시라도 빨리 황제를 대피시켜야 했기 때문이었다.

그런 고민을 하고 있던 찰나.

─……'의념'이란 곧 의지의 힘일지니.

느닷없이 그의 귓전에 정체를 알 수 없는 존재의 목소리가 울려 퍼지기 시작했다.

"……!"

선기(仙氣)가 물씬 풍기는 목소리는 생전 처음 듣는 것이었지만, 유신운은 목소리의 주인이 누구인지 금세 알아차릴 수 있었다.

8재앙과 맞닥뜨렸을 때만 힘을 빌려주던 미지의 존재.

조용을 해치우고 전진파의 중앙궁을 정화한 뒤, 한동안 나타나지 않았던 미지의 존재였다.

[천계의 신격(神格), '동화제군'이 플레이어에게 깨달음을
전수합니다.]

그의 눈앞에 한 줄의 시스템 메시지가 떠올랐다.
스아아!
촤아아!
그와 동시에 동화제군의 의지가 유신운에 몸에 깃들기 시
작했다.

—……의지를 굳건히 세우면 만악(萬惡) 중 그 무엇도 감히
연자(緣者)에게 덤비지 못하리라.

'아아!'
깨달음의 황홀경(恍惚境)에 빠진 유신운은 너무도 자연스럽
게 의념의 힘을 어찌 사용하는 것인지 체득해 가고 있었다.
'……저, 저게 무슨?'
인간을 초월한 듯한 유신운의 모습에 주유는 마법을 사용
할 생각조차 못 하고 있었다.
하지만 곧 유신운이 자신이 범접할 수 없는 미지의 경지까
지 나아가고 있다는 사실을 알아차린 주유는 지옥수와 나찰

사들에게 목이 터져라 소리쳤다.

"놈을 죽여어!"

그아아!

콰아아!

주유가 몸을 움직일 기운만을 남기고 모든 힘을 퍼부어 스킬을 시전했다.

스켈레톤 군단의 방어선이 붕괴되며 유신운에게 닿을 수 있는 길이 열렸다.

콰가가가!

파바밧!

그 길을 따라 나찰사와 지옥수들이 맹렬히 돌진하였다.

하지만 유신운은 적들을 쳐다도 보지 않았다.

스윽.

되레 조용히 눈을 감을 따름이었다.

'……의념이란 곧 의지의 힘.'

유신운이 마음속으로 의지를 새기기 시작했다.

복잡하지 않고, 단순하게.

'적을……'

ㅡ크아아!

ㅡ그르!

어느새 지근거리까지 당도한 지옥수와 나찰사들이 완전히 무방비 상태인 유신운에게 맹공을 퍼부었다.

유신운이 감고 있던 눈을 뜨며 눈앞의 적들에게 일권(一拳)을 뻗었다.

그리고 그 순간.

'······죽인다!'

그의 의지가 '의념'으로 발현되었다.

흐르던 시간이 멈췄다.

세상의 모든 것이 움직임을 멈췄다.

오로지 그 속에서 유신운의 권격만이 모든 것을 꿰뚫고 지나갔다.

휘이······.

아주 작은 산들바람이 적들에게 닿았다.

그러자 다시 시간이 맥동하기 시작했고.

콰가가가!

콰드드득!

모든 것이 뭉개지고 어그러지는 섬뜩한 소리가 울려 퍼졌다.

-······!

-······!

작은 비명조차 내지 못한 채.

유신운에게 달려들었던 지옥수와 나찰사들이 권격의 소용돌이에 한데 휩쓸려······.

투둑, 툭.

하나의 거대한 고깃덩이가 되어 바닥에 나뒹굴었다.

'……무슨 일이, 벌어진 거지?'

두 눈을 뜨고 있었음에도, 어떠한 과정도 보지 못한 주유가 펼쳐진 결과를 믿지 못하고 입을 쩍 벌리고 있었다.

[플레이어가 새로운 힘, '의념'을 사용하는 법을 스스로 깨우쳤습니다.]

[새로운 깨달음을 얻어 '조화신기'의 완성률이 80%가 되었습니다.]

눈앞에 떠오른 의념의 성공을 알리는 시스템 메시지를 확인한 후.

스윽.

유신운이 아직 남은 적들을 주시했다.

살의만이 가득했던 지옥수와 나찰사들이 두려움과 공포에 질려 몸을 움찔거리고 있었다.

그런 그들을 하찮게 바라보던 유신운은 주유에게로 시선을 돌렸다.

그러고는.

"이제 끝이다."

놈에게 최후를 선포했다.

'저 힘은 대체······?'

자신을 향해 살기를 쏘아 내는 유신운을 바라보며 주유가 침음을 흘렸다.

주유는 아까부터 가슴 깊은 곳에서 피어나고 있는 이유를 알 수 없는 초조함에 당혹감을 숨기지 못하고 있었다.

파바밧!

그러던 그때였다.

"······!"

일순간 섬화(閃火)가 번쩍이더니 유신운의 신형이 사라졌다.

콰가가가!

콰아아앙!

-그어어!

-구에엑!

"흐읍!"

거대한 폭음과 충격파가 동시에 터져 나오더니, 나찰사와 지옥수의 거대한 육신이 주유에게 날아들었다.

휘익!

급히 몸을 회전하며 날아든 형상을 회피한 주유가 다시금 전면을 바라보았다.

콰가가!

콰아앙!

그러자 빛살과 같은 빠르기로 지옥수와 나찰사들이 모여 있는 한가운데에 도착하여, 맹렬히 권각(拳脚)을 휘두르고 있는 유신운의 모습을 확인할 수 있었다.

"뭣들 하고 있어! 빨리 죽여!"

주유가 자신의 두려움을 떨쳐 버리려는 듯, 지옥수와 나찰 사들에게 목청을 드높였다.

하지만 그 순간, 주유의 등줄기에는 식은땀이 흐르고 있었다.

-크아아!

쐐애액!

바람을 찢어발기는 듯한 커다란 파공성과 함께 나찰사의 일격이 유신운을 향했다.

또 한 마리의 지옥수의 척추 뼈를 뽑아내던 유신운은 오른 발을 축으로 회전하며 공격에 맞섰다.

지옥의 불꽃이 타오르고 있는 나찰사의 권격은 분명히 엄청난 파괴력을 담고 있었다.

하지만.

지금 유신운에게는 그런 나찰사의 공격이 전혀 다른 모습으로 보이고 있었다.

'허술하고 조악하다.'

유신운은 나찰사의 공격을 허섭하기 이를 데 없다고 평가 절하했다.

이유는 간단했다.

녀석의 공격에 담긴 의념이 조잡하기 이를 데 없었기 때문이었다.

촤아아!

스르릉!

그 순간, 아무것도 없던 유신운의 손에 융독겸이 소환되어 들렸다.

유신운의 조화신기가 스며들며 융독겸의 겸날이 순식간에 녹빛으로 물들었고.

촤아아!

콰가가!

유신운이 검무(劍舞)를 추듯 융독겸을 유려하게 휘두르자, 겸날에 떠오른 소검환들이 미쳐 날뛰기 시작했다.

뇌운십이검 신운류.

겸형(鎌形).

진 독겸단횡(眞 毒鎌斷橫).

무수한 소검환들이 권격을 뻗었던 나찰사의 육신에 유성처럼 쏟아져 내렸다.

서거걱!

치이익!

소검환에 정면으로 부딪친 나찰사의 팔이 수십 갈래로 잘려 나갔다.

게다가 소검환에 담긴 지독한 독기에 살점에서 연기가 피어오르며 녹아내리기 시작했다.

똑같은 초식에 그저 의념을 담았을 뿐일진대.

─……!

쿠웅!

쿠궁!

놈은 단말마의 비명조차 지르지 못한 채, 고깃덩이 신세가 되어 처참히 바닥에 엎어졌다.

이전과 달리 너무도 손쉽게 적을 쓰러뜨리자, 유신운의 눈에 이채가 떠올랐다.

'……조금만 더 깨달음을 얻는다면.'

그는 이제 자신의 무위가 조화경 중급을 넘어 상급이 머지않았음을 직감적으로 알 수 있었다.

그러던 그때, 지면에 나뒹구는 나찰사의 시체에 다른 나찰사들과 지옥수들이 달려들었다.

콰득!

꿀꺽!

놈들은 놈의 시체를 씹어 삼켰고.

우우웅!

우웅!

살점에 담겨 있던 미지의 기운을 모두 저들이 흡수하였다.

-크아아!

-크르르!

나찰사가 품고 있던 힘만큼 더 강해진 놈들이 의기양양한 모습으로 유신운에게 시선을 돌렸다.

하지만 유신운은 조금도 겁먹지 않았다.

'우습군.'

그에게 이제 지옥수와 나찰사들은 한낱 조무래기에 불과했으니까.

의념을 사용하는 상대끼리는 곧 의념의 강함이 초식의 완성도와 품은 내기의 양의 차이까지도 역전시킬 수 있었다.

그런데 심지어 유신운은 초식도, 내기도, 의념도 모두 저들보다 강했기에.

저렇게 아군을 포식해 힘을 불린다고 해도 도저히 질 자신이 없었다.

-키에에!

-크라라!

파바밧!

타닷!

순간 모든 나찰사들과 지옥수들이 유신운에게 동시에 달

려들었다.

그 모습을 보며 유신운은 다시금 의지를 되새겼다.

'적 모두를…….'

유신운의 두 눈에 광기 어린 살기가 깃들고.

우우웅!

스아아!

주인의 뜻을 알아차린 융독겸이 포효를 내뿜기 시작했다.

쐐애액!

콰가가!

회피할 수 있는 팔방을 모두 점하며 적들이 공격을 쏟아내던 그때.

"섬멸(殲滅)한다."

유신운이 입을 달싹였다.

뇌운십이검 신운류.

일초 십육연격(十六連擊).

진 뇌운귀살(眞 雷雲鬼殺).

시간이 멈추기라도 한 것처럼.

유신운은 융독겸을 가만히 들고 서 있었다.

하지만 실상은 전혀 달랐다.

서걱!

서거걱!

서걱!

무언가가 베이는 소리가 끝도 없이 공간에 울려 퍼졌다.

유신운은 자신을 뒤덮은 괴수들의 틈바구니에서.

베고.

베고.

벤다.

참격을 긋는 한 가지 행동을 무한히 반복했다.

한계를 초월한 속도는 잔상조차 남기지 않고, 그저 멈춘 것처럼 보일 뿐이었다.

"……!"

순간 주유의 눈동자가 지진이라도 난 듯이 흔들렸다.

그의 시선에 담긴 믿기 힘든 광경 때문이었다.

한 줄기의 기분 나쁜 바람이 그의 볼을 스쳐 지나감과 동시에.

스그극!

쩌저적!

유신운에게 달려들었던 모든 나찰사들과 지옥수들의 몸에 붉은 실선이 떠올랐고.

투둑!

투두두!

곧 수백, 수천 등분으로 잘려져 비참한 최후를 맞이하였다.

그리고 그 순간.

유신운과 주유의 시선이 허공에서 마주쳤다.

쿠웅!

파바밧!

"히익!"

유신운이 진각을 박차며 돌진하자, 주유가 격한 신음을 흘렸다.

"으, 으아아아! 오지 마!"

죽음의 공포를 느낀 주유가 뒤는 생각하지 않고, 자신이 지니고 있는 모든 기운을 퍼부어 마지막 스킬을 시전했다.

우우웅!

좌아아아!

하늘로 높이 뻗은 녀석의 손 위에서 모든 빛을 빨아들이는 거대한 어둠의 구(球)가 모습을 드러냈다.

카오스 라그나로크(Chaos Ragnarok)

8서클 마법 최후의 비기로 모든 극상성의 원소를 서로 폭발시켜 가로막는 모든 적을 소멸에 이르게 하는 최강의 스킬이었다.

그그그극!

콰가가가!

"죽어엇!"

주유가 팔을 휘두르자 완성된 카오스 라그나로크가 유신

운을 향해 날아들었다.

그 형상이 마치 검은 태양이 쏟아지는 것 같았다.

그 낙하를 바라보며 유신운이 달려들던 걸음을 멈추었다.

처척!

'지금이라면 가능하다.'

그러곤 지금까지 감히 따라할 엄두조차 내지 못했던 한 초식의 기수식을 취하기 시작했다.

우우우웅!

콰가가가!

유신운이 새긴 의념과 조화신기가 합을 맞추며 거대한 공명을 만들기 시작했다.

그리고 마침내.

쐐애액!

콰가가가!

낙하하는 검은 태양을 향해 유신운이 초식을 펼쳐 보였다.

뇌운십이검 일랑류 재현(再現).

사초 최종형.

비전오의 절천뢰벽(切天雷壁).

왼발을 축으로 삼아 회전하며 유신운이 횡으로 허공을 베었다.

그와 동시에 겹날에서 쏟아진 뇌기의 결정체들이 은하수처럼 쏟아져 내렸다.

콰가가가가!

콰아아아아!

고막이 찢어질 것 같은 강렬한 폭음과 함께 검은 태양을 향해 날아드는 은하수는 곧 하늘을 덮는 벽화 같았다.

스아아아!

촤아아아!

거대한 은하수가 검은 태양을 감싸자 폭주하던 기운이 빠르게 사라지고 있었다.

평화롭게 보이지만 절천뢰벽의 결정체 하나하나에 나선강기에 버금가는 기운들이 담겨 있었다.

그 광경을 보며 유신운이 속으로 한 사람에게 감탄을 했다.

'영감님은 이미 의념을 사용하고 있었던 거였어.'

그건 당연하게도 이런 힘을 훨씬 전부터 사용하고 있던 유일랑이었다.

'마, 말도 안 돼!'

주유가 기운이 흩어지고 있는 카오스 라그나로크를 보며 절망했다.

콰아아앙!

스가가가!

한데 그 순간.

"흐억!"

검은 태양을 꿰뚫고 유신운이 제 모습을 드러냈다.

유신운의 얼음장처럼 차가운 시선이 그에게 쏟아졌다.

'피, 피해야⋯⋯!'

주유는 당장 피하려 했지만.

카오스 라그나로크를 시전하느라 모든 기운을 퍼부은 탓에 천근만근 무거워진 몸은 뜻대로 움직이지 않았다.

푸우욱!

푸북!

"⋯⋯!"

가슴이 불이라도 난 것처럼 뜨거웠다.

유신운이 휘두른 융독겸의 겸날이 어느새 그의 가슴을 꿰뚫고 깊이 삐져나와 있었다.

휘이익!

쿠웅!

융독겸이 박힌 채, 주유가 허공에서 지면으로 추락했다.

처척!

뒤이어 유신운은 놈과 완전히 대비되는 품위 있는 모습으로 땅에 착지했다.

"끄으윽! 크으으!"

주유가 극심한 고통에 발작하듯 온몸을 비틀고 있었다.

'심장을 파괴했는데 저리 멀쩡하다니.'

지옥경으로 미지의 존재와 계약을 한 탓일까?

융독겸으로 심장을 산산조각 냈음에도 놈은 죽음을 맞이하지 않고 있었다.

한데 그때였다.

스아아아!

촤아아!

모든 것이 끝이 난 줄 알았던 그때, 허공이 뒤틀리며 거대한 와류가 발생했다.

그리고 그 속에서 지옥경의 기운이 폭주하기 시작했다.

"아, 아……직 안 끝……났다!"

주유가 그 와류를 보며 회심의 표정을 지어 보였다.

'아직 적이 남았나.'

유신운은 지옥수와 나찰사가 더 추가되는 것이라 예상했지만.

이후의 전개는 그의 예상과 전혀 달랐다.

와류 속에서 예의 목소리가 울려 퍼지기 시작했다.

―……맹약은 실패했다. 약속한 대가를 가져가겠다.

그랬다.

주유와 계약했던 미지의 존재는 제물을 바치는 데에 실패한 대가로 주유의 혼을 가져가려 강림한 것이었다.

"그, 그게 무슨? 네, 네놈들이 실패해 놓고 아, 안 돼!"

상황을 뒤늦게 파악한 주유가 악을 질렀다.

하지만 이미 지옥의 존재는 권능을 발휘한 이후였다.

스아아아!

콰아아!

허공에 생겨난 와류 속으로 주유의 몸이 빨려 들어가기 시작했다.

"끄아아악!"

주유는 손가락을 땅에 박아 넣으며 어떻게든 빨려 가지 않으려 했다.

드그그극!

하지만 와류의 힘이 너무나 강대했던 탓에 땅이 깊게 파이고 있었다.

처척!

그때, 유신운이 가벼운 발걸음으로 녀석에게 다가왔다.

그러나 유신운은 싸늘한 비소를 지으며 주유의 품속에서 '지옥경 전편(前篇)'과 보패, 흑오령을 회수할 따름이었다.

행동을 마친 유신운은 제 발을 높이 들었다.

"제, 제발!"

그런 유신운과 눈이 마주친 주유가 빌 듯이 사정하며 말했지만.

"발악하지 말고 꺼져."

콰직! 콰드득!

"끄, 끄아악!"

유신운은 땅에 뿌리박고 있는 놈의 양손을 무참히 짓밟았다.

"아, 안 돼애애애!"

손이 박살 난 주유는 힘을 잃고 와류 속으로 빨려 들어갔다.

주유를 집어삼킨 와류는 천천히 모습이 사라지고 있었다.

그러던 그때, 유신운이 와류 속에 모습을 숨긴 존재를 향해 말을 꺼냈다.

"조금만 기다려라. 조만간 네놈을 처죽일 방법도 찾아낼 테니."

─…….

하지만 그 존재는 어떠한 대답도 하지 않은 채 모습을 감추었다.

그렇게 모든 것이 마무리된 그때.

[재앙, '벨제붑'을 처치하였습니다.]

유신운의 눈앞에 수많은 시스템 메시지들이 떠오르기 시작했다.

[보상으로 '초월(超越)급 마나석'을 획득하였습니다.]

[경험치가 최대치에 도달했습니다.]

[레벨이 상승하였습니다.]

[163레벨을 달성하였습니다.]

[보유 권속에 새로운 소환수, '지옥수'가 추가됩니다.]

[보유 권속에 새로운 소환수, '나찰사'가 추가됩니다.]

[히든 퀘스트, '명계(冥界)의 혼돈'을 획득하였습니다.]

[신규 칭호, '지옥마제(地獄魔帝)'를 획득하였습니다.]

[신규 스킬, '시미터 오브 바르자이(Scimitar of Barzai) EX−'를 획득하였습니다.]

[신규 스킬, '마도서, 레메게톤(Lesser Key of Solomon EX−).'을 획득하였습니다.]

[신규 스킬, '종말의 나팔, 걀라르호른 EX'를 획득하였습니다.]

[신규 스킬, '판도라의 상자(Pandora's box) EX−'를 획득하였습니다.]

[신규 스킬, '신살마검(神殺魔劍), 미스텔테일(Misteltein) EX'를 획득하였습니다.]

'……이 퀘스트는?'

'명계의 혼돈'이라는 이름을 지닌 새로운 퀘스트에 유신운의 표정에는 복잡한 심정이 담겨 있었다.

쿠구구궁!

스아아!

그러던 그때, 그가 펼친 네크로노미콘의 세계가 무너지며 세계가 본래의 색을 되찾고 있었다.

일단의 무림인들이 극상의 경공을 펼치며 전각들의 지붕 위를 치달리고 있었다.

맹렬히 돌진하고 있음에도 지붕의 기와들은 조금도 흔들리지 않았고, 쾌속함에 그림자조차 남지 않고 있었다.

모두가 최상승의 고수라는 뜻이었다.

-맹주. 곧 황궁입니다.

그때, 선봉에 선 무사가 담천군에게 전음을 보냈다.

그에 후방에 있던 담천군이 고개를 끄덕이자 무사가 목소리를 드높였다.

-모두 전투를 준비하라!

선봉 무사의 전음과 함께 정검맹의 정예 무인들이 거친 살기를 내뿜으며 각자의 기운을 끌어 올리기 시작했다.

그 모습을 지켜보던 담천군의 표정에서 숨길 수 없는 착잡함이 느껴지고 있었다.

'후우, 이 머저리 같은 놈.'

그가 속으로 주유를 향해 거친 욕지거리를 내뱉었다.

그는 황궁에서 의문의 변고(變故)가 발생했다는 소식을 듣자마자 급하게 황궁으로 출발한 상태였다.

하지만 거리가 거리인지라 이미 반나절은 넘게 시간이 소모가 되어 있었다.

게다가 그동안 도대체 황궁에 무슨 일이 생긴 것인지 제대로 파악조차 되지 않고 있었다.

신룡이 하늘에서 불을 내뿜었다지 않나, 천신이 직접 강림했다지 않나…….

말 같지도 않은 이야기들만 나돌 뿐이었다.

'빌어먹을! 처형식이 끝나면 바로 황군을 일으켜 백운세가를 칠 계획이었건만!'

완벽한 승리로 향하고 있던 대계가 뿌리부터 흔들리고 있자, 담천군은 당최 평정심을 유지하기가 힘들었다.

그러던 그때, 그들의 눈에 드디어 황궁의 모습이 비치고 있었다.

하지만 점차 선명해지는 전경에 담천군을 포함한 모두의 눈에 의아함이 떠올랐다.

'화, 황궁이!'

'이게 무슨?'

하늘에서 운석이라도 떨어진 것일까.

대연의 황궁이 처참하게 박살이 나 있었다.

제 형태를 갖추고 있는 전각과 궁전을 찾는 것이 빠를 정도였다.

'……저건!'

그때, 반파된 황궁의 성문에서 무언가를 발견한 담천군은 눈을 커다랗게 떴다.

스윽!

담천군이 즉시 걸음을 멈추고 한 손을 들어 올렸다.

처척!

그러자 한 전각의 지붕 위에 정검맹의 무인들이 일시에 모두 멈춰 섰다.

그들 모두가 침묵을 유지하며 담천군이 바라보는 방향을 확인했다.

"……!"

"……!"

그리고 무사들 모두의 얼굴에 경악이 떠올랐다.

황궁의 성문에 걸린 긴 줄에 묶인 주유의 시체가 시계추처럼 흔들리고 있었다.

[황제를 중독시켜 궁에 가두고 온갖 무도한 짓을 일삼던 역적, 주유를 천신(天神)의 이름으로 단죄한다.]

주유의 목에 걸린 나무패에 적힌 내용이었다.

"퉤! 이 쓰레기 같은 놈!"

"역적 놈이 하늘의 진노를 받았구나!"

성문 아래에 구름떼처럼 모여 있는 양민들이 주유를 욕하고 있었다.

화를 못 이긴 이들은 침을 뱉고, 시체에 돌까지 던져 댔다.

"한데 황궁이 이리 무너졌는데, 황제께선 무사하신 건가?"

"걱정하지 말게나. 백운검제께서 안전히 구출해서 절강으로 향하셨다고 하더군."

"허, 천신님의 전언을 들으시고 미리 준비하신 것이군!"

유신운이 남겨 놓고 간 하오문의 문도들이 서로 나누는 대화에 양민들이 감탄과 함께 온갖 칭찬을 쏟아 냈다.

그 모습에 담천군의 표정에 참을 수 없는 분노가 치밀어 오르고 있었다.

'유신운……!'

양민들의 대화와 황궁의 처참한 상황으로 어떤 일이 벌어졌는지 짐작이 가고 있었다.

"한데 우리가 이렇게 있을 때가 아니네."

"그게 무슨 말인가?"

"주유, 이 역적 놈은 천벌을 받아 죽었지만, 놈과 손을 잡은 정검맹 놈들은 그대로 남아 있지 않은가! 놈들이 황상께 무도한 짓을 하기 전에 백운검제를 도와야 하네!"

"맞네, 맞아! 이번에는 우리가 폐하를 지켜야지!"

하오문도들의 선동에 양민들의 반응이 뜨거워지고 있었다.

그 모습을 긴장한 채 바라보던 정검맹의 무사가 검갑에서 검을 꺼내었다.

"……맹주, 모두 쓸어버리겠습니다."

그렇게 수하들이 나서려 했지만.

"멈춰라."

담천군이 그들을 만류했다.

수하들이 의아해하던 그때, 그는 딱딱하게 굳은 얼굴로 몸을 돌렸다.

"맹으로 돌아간다."

"……예?"

당황한 수하가 반문하자 담천군이 살기가 가득한 눈빛을 쏘아 냈다.

"조, 존명!"

그에 겁을 먹은 수하들이 급히 답을 하곤 왔던 길로 돌아가기 시작했다.

'……성난 민심을 자극하면 걷잡을 수 없이 상황이 커진다.'

담천군 또한 차마 떨어지지 않는 발걸음을 떼며 빠득, 이를 갈았다.

'유신운, 결코 네 뜻대로 되진 않을 것이다.'

              ⌣

  동창 제독 주유가 황제를 중독시킨 뒤 구금하고 있었다.

  지금까지 황제의 명이라 생각했던 것들은 모두 주유가 자신의 사사로운 이득을 위해 거짓을 말한 것이며, 본인 스스로 황제의 자리에 오르기 위한 계략까지 꾸미고 있었다.

  하지만 그 사실에 진노한 천신이 용을 타고 내려와 주유를 엄벌하였고, 그 뜻을 받든 백운검제가 위험 속에서 황제를 구출하였다.

  강호뿐 아니라 중원 전역이 이 충격적인 소식으로 격동하고 있었다.

  처음 소문이 퍼지기 시작했을 때에는 그 누구도 믿지 못했다.

  그만큼 믿기 힘든 일이었으니까.

  하지만 폐허가 된 황궁의 모습과 성문에 걸린 주유의 시체, 그리고 그 어디에서도 황제의 모습을 찾을 수 없자 중원 전체가 혼돈에 빠졌다.

  통치자가 사라지자 나라 자체가 흔들리고 있던 그때, 놀랍게도 절강의 백운세가에서 실종되었던 황제가 모습을 나타냈다.

소문에서처럼 독에 당했었는지 편치 않은 안색으로 등장한 황제는 백운세가 앞에 부복한 수많은 백성들을 향해 말을 꺼냈다.

-짐이 부족하여 주유의 암계에 당하고 말았다. 그러나 다행히도 하늘의 도움과 지고의 충신, 유 공(公)덕분에 황실의 명맥이 이어지게 되었다.

-혼란에 빠진 대연의 백성들이여. 두려워하지 말라. 그리고 백운의 편에 서서 사라지지 않은 암천(暗天)과 맞서 싸우라.

황제의 연설이 있던 순간, 그 자리에 있던 것은 백성들뿐이 아니었다.

황궁이 무너지며 도망쳤던 조정의 문무 대소 신료도 있었다.

황제의 용안을 본 적이 있던 신하들은 눈물을 터뜨리며 주유의 악행을 막지 못한 자신들의 부족함에 피가 나도록 이마를 땅에 찧었다.

그렇게 역도의 무리는 백운세가가 아닌 담천군과 정검맹이 되었다.

중원 곳곳에서 관군들과 양민들이 정검맹에게 들고일어

났다.

하지만 혈교에 의해 이미 철저히 장악된 성에서는 금세 반란이 진압되었다.

그들은 절강에 있는 황제는 가짜이며 유신운이 황위를 찬탈하기 위해 꼭두각시를 미리 만들어 놓은 것이란 유언비어를 퍼뜨렸다.

그렇게 나라 전체가 반으로 갈려 버렸다.

압도적인 승리가 점쳐졌던 정검맹과 유신운의 싸움은 백중지세의 차이까지 좁혀져 있었다.

당장이라도 백운세가를 공략하려던 정검맹이 신중한 행보를 보이고 있는 가운데.

모든 이들이 유신운의 다음 행보를 주목하고 있었다.

❧

"후우, 짐의 연기가 부족했던 것은 아닌지 모르겠구나."

한숨을 내쉬며 꺼내는 황제의 말에 유신운이 고개를 가로저으며 말했다.

"아닙니다, 폐하. 전 너무 연기가 뛰어나셔서 놀랐습니다."

두 사람은 유신운이 백운세가 내에 마련한 황제의 거처에자리하고 있었다.

절강성의 관부에서 황제를 모시려 했지만, 황제는 그들의 청을 거절하고 백운세가에 있기로 결정했다.

　　여러 이유들이 있지만 현 상황에서 그것이 가장 안전하다고 결론을 내린 탓이었다.

　　"하하, 그러한가."

　　어느새 황제는 웃음까지 돌아와 있었다.

　　연설을 할 때만 초췌했던 그의 안색이 지금은 정상이었다.

　　유신운의 힘으로 이전보다 더욱 건강해져 있었지만, 극적 연출을 위해 화장을 했던 것이었다.

　　순간 유신운이 예를 갖추며 말을 꺼냈다.

　　"선뜻 나서 주셔서 감사합니다, 폐하."

　　"구명의 은인을 위해 무슨 일을 못 하겠는가. 그리고…… 백성들을 위해 해야 할 일을 했을 뿐이니라."

　　"그리 말씀해 주시니 황송할 따름입니다."

　　유신운을 바라보는 황제의 눈빛에는 굳건한 신뢰가 담겨 있었다.

　　그렇게 화기애애한 분위기의 담소가 이어지던 그때, 황제의 표정이 사뭇 진지해지며 슬며시 말을 꺼냈다.

　　"그래, 또다시 길을 나선다고?"

　　"예, 그렇게 됐습니다."

　　유신운은 너무도 당연하다는 듯한 모습으로 고개를 끄덕였다.

"이번에는 어디로 가는가?"

"십만대산(十萬大山)에 다녀올 것 같습니다."

십만대산.

황제도 익히 들어 알고 있는 곳이었다.

피에 미친 마인들이 득실거린다는 마교가 있는 곳이 아닌 가.

유신운을 바라보는 황제의 눈빛에 이번에는 미안함과 고마움이 함께 담겼다.

"십만대산이라······. 자네에게 또다시 큰 짐을 맡기는구 나."

"폐하, 저는 폐하와 백성들을 지키기 위해서라면 언제라 도 목숨을 걸 각오가 되어 있습니다."

'아아.'

충신, 그 자체의 표본을 보여 주는 유신운의 언행에 황제 는 뜨거운 눈물을 흘렸다.

유신운은 황제가 눈물을 흘리자 차마 볼 수 없다는 듯 고 개를 푹 숙였다.

하지만 사실······.

'이그, 질질 짜기는······. 아직 애기구먼!'

유신운은 황제의 눈물을 볼 수 없어 고개를 숙인 것이 아 니었다.

'흐음, 명계라······.'

딴 짓에 더욱 열중하기 위해 그리한 것이었다.
어느새 유신운의 눈앞에 시스템 창이 떠올라 있었다.

[히든 퀘스트 / 명계(冥界)의 혼돈]
본래 명계는 한낱 인간이 닿을 수 없는 장소입니다.
히지만 알 수 없는 이유로 삼계(三界)가 동시에 급격히 혼란해지자, 인간의 영혼을 차지하기 위해 현계로 강림하고자 하는 명계의 존재들이 많아졌습니다.
합당한 제물을 바쳐 명계의 문을 연다면 당신은 크나큰 대가를 얻을 수 있을 것입니다.
보상 : ?

새롭게 떠오른 퀘스트는 대놓고 주유처럼 제물을 바쳐 명계의 문을 열라고 적혀 있었다.
'개소리가 가득하네.'
하지만 유신운은 속으로 코웃음을 쳤다.
명계의 힘은 분명히 강대했지만 유신운이 주유가 행했던 무고한 양민들의 목숨을 바치는 미친 짓 따위를 할 리가 없었다.
'분명히 다른 방법이 있을 거야.'
하지만 그렇다고 포기한 것은 아니었다.
개수작을 부리는 명계의 존재들을 짓밟아 줄 필요는 분명히 있었으니까.

'뭐, 겸사겸사 쓸 만한 노예들도 좀 건지고 말이야.'

그렇게 퀘스트를 뒤로 미룬 유신운의 머릿속에 곧이어 다른 이들이 떠올랐다.

'흠, 그건 그렇고……. 이쯤 되면 두 사람의 속이 시커멓게 타 있겠군.'

두 사람이란 마교주의 딸인 천서린과 그녀를 보필하던 주태명이었다.

황궁을 습격하느라 뒤로 밀려난 그들.

그들은 유신운의 약조만 철석같이 믿은 채 먼저 십만대산으로 향하여 있었다.

그들은 이제 곧 십만대산의 초입에 당도하여 있으리라.

―……열흘입니다. 그 시간까지 오지 않는다면 당신은 절대 마교의 힘을 얻을 수 없을 겁니다.

떠나기 전, 천서린은 앙다문 입술로 그리 말했었다.

하지만 이미 9일째였다.

본 드래곤을 소환하여 날아간다고 해도 절대 하루 만에 도착할 수 있는 거리가 아니었다.

하지만 그럼에도 유신운은 황제에게 말한 것처럼 곧장 마교로 향할 생각이 아니었다.

'흐음, 밀린 빚 좀 갚고 작업을 마친 다음 출발하면 되겠군.'

그렇게 유신운은 조금의 걱정도 없이 부양의 대장간으로 출발할 계획을 짜고 있었다.

6장

백운세가의 장원의 경비는 황제를 지키기 위해 중원 전역
에서 달려온 황군과 세가의 무사들이 공동으로 서고 있었다.

항주의 수많은 백성들이 황제의 쾌차를 바라며 장원 앞에
모여 기도를 하고 있었기에, 철저하게 통제되고 있었다.

유신운은 그림자에 숨어 그런 모두의 시선을 뚫고 항주를
빠져 나왔다.

그리고 인적이 드문 산기슭에 도착하자 바로 본 드래곤의
등에 올라 목표지인 부양으로 향했다.

창공의 구름을 헤치며 움직인 유신운은 금세 백이랑이 운
영하는 대장간에 도착할 수 있었다.

그가 자연스럽게 대장간 안으로 들어서려는 찰나.

스으으.

'이건?'

분명히 문을 향해 앞으로 걸어간 유신운이 대장간을 등지고 나왔다.

이런 상황이 이루어질 이유는 하나밖에 없었다.

정체를 알 수 없는 진법이 펼쳐져 있었다.

"진법 파훼."

유신운은 크게 걱정하지 않으며 스킬을 시전했다.

유신운의 전신에서 피어오른 조화신기가 대지에 퍼져 나갔다.

하지만.

[스킬, '진법 파훼'가 실패하였습니다.]

[대상 진법을 파훼하기에 스킬의 숙련도가 부족합니다.]

유신운의 예상과 달리 대장간에 펼쳐진 진법은 스킬로 파훼되지 않았다.

'엄청난 선기(仙氣)가 느껴지는 진법이군. 놀라운데? 진법 파훼가 불가능한 진법이라니.'

그제야 깜짝 놀란 유신운이 미상의 진법에 주의를 기울이기 시작했다.

그리고 잠시간 궁리하던 유신운은 한 가지 방법밖에는 없음을 깨달았다.

'흠, 뇌운십이검의 후반부 초식으로 깨뜨릴 수 있을 것 같기는 한데……'

하지만 그럴 경우, 대장간에 펼쳐 놓은 진법이 완전히 파괴되어 더 이상 효력을 발휘하지 못하게 된다.

이곳은 호철당의 가장 중요한 은신처였기에 함부로 진법을 파괴했다가는 백이랑이 위험한 상황이 펼쳐질 수 있다는 것이다.

'흐음, 어찌한담?'

유신운이 그렇게 고민을 하고 있던 찰나였다.

스아아!

눈앞에 거대한 아지랑이가 일렁이더니, 그 속에서 한 노인이 나타났다.

"유 가주, 오셨습니까."

유신운을 향해 공손히 예를 갖추는 그는 백이랑의 심복이자, 호철당을 대신하여 이끌고 있는 황공망이었다.

"하마터면 길을 잃을 뻔했습니다, 아버님."

"하하, 무탈하신 것 같아 다행입니다."

유신운이 미소를 지으며 흑시에서의 가짜 신분을 가지고 너스레를 떨자, 황공망 또한 웃음으로 화답했다.

유령처럼 스르륵 다가온 황공망은 유신운을 이끌고 정해진 활로(活路)로 유신운을 인도하였다.

"진즉에 마중을 오고 싶었지만 당주님께서 가주님께 장난을 치고 싶다고 끝까지 고집을 부리셔서……."

"하하, 괜찮습니다. 한데 이 진법은 정체가 뭡니까?"

머쓱해하며 말하는 황공망에게 유신운이 물었다.

"흑시에서의 사건 이후, 혈교가 냄새를 맡고 이곳까지 추적해 왔었습니다. 그런데 다행히 때마침 방문하신 당주님의 지인께서 이 기진(奇法)을 펼쳐 주셨습니다."

"아, 그렇습니까."

유신운은 고개를 갸웃했다.

자신이 알기로 백이랑의 정체를 알고 있는 이는 눈앞의 황공망이 유일하다고 알고 있었기 때문이었다.

하지만 고민은 오래하지 못했다.

벌써 문 앞에 도착했기 때문이었다.

대장간 안으로 들어서며 유신운이 쾌활한 목소리로 인사를 건넸다.

"당주님, 저 왔습니다."

그러자 대장간의 안쪽에서 카랑카랑한 목소리가 울려 퍼졌다.

"흥, 자기가 필요할 때만 찾아오는 못된 녀석이 왔구나."

유신운이 피식 웃었다.

이제 두 사람의 사이는 어느새 친손자와 할머니처럼 가까워져 있었다.

"하하, 그동안 바빴던 것 아시지 않습니까."

"됐다, 이놈아!"

"쩝, 이런 한가득 '선물'도 들고 왔는데 보지도 않으시겠군요. 흐음, 이걸 어쩌나…… 그냥 이대로 돌아가야 하나?"

선물이란 말에 강세를 준 유신운이 머리를 긁적이며 나가는 시늉을 하자.

"크흠, 흠!"

백이랑이 헛기침을 내며 안쪽의 방에서 슬금슬금 걸어 나오고 있었다.

그리고 잠시 후.

유신운은 간이 아공간에서 그동안 백이랑에게 주기 위해 모아 두었던 선물들을 꺼내 놓기 시작했다.

"남만의 곤오철(昆吾鐵)!"

"내, 냉령자동(冷靈紫銅)!"

선물이란 흑시와 황궁의 창고에 잠들어 있던 여러 희귀한 주괴들이었다.

백이랑은 언제 삐져 있었냐는 듯, 대장간 안에 산더미처럼 쌓인 주괴들을 보며 군침을 흘리고 있었다.

유신운은 조금의 아까워하는 감정도 없이 주괴들을 전부 건네주었다.

어차피 가지고 있어 보았자 이 주괴들을 무기로 만들 수 있는 장인은 백이랑밖에는 없었기 때문이었다.

헤벌쭉한 얼굴로 행복해하던 백이랑은 이내 번쩍 제정신
으로 돌아오곤 얼굴을 붉히며 민망해하였다.

"크흠, 흐흠! 그 요술 주머니는 참으로 신기하구나."

"보패라고 생각하면 편하실 겁니다."

"그래, 밥은 챙겨 먹고 왔느냐?"

주괴를 한쪽에 밀어 놓은 백이랑은 유신운의 끼니를 챙겼
는지 걱정했다.

손자를 생각하는 여느 조모(祖母)의 모습과 다르지 않았다.

"어휴, 배고파 죽겠습니다."

"쯧쯧, 그럴 줄 알고 쌀밥에 잔뜩 찬을 차려 놨으니 넷이
먹자꾸나."

"예? 넷요?"

순간, 유신운이 고개를 갸웃하며 물었다.

지금 대장간에 있는 사람은 자신과 황공망과 백이랑 세 사
람뿐이었다.

'어라?'

한데 그러고 보니 황공망이 어느새 대장간 밖으로 나가 있
었다.

"더 올 사람이 있는 겁니까?"

백이랑이 의아해하는 유신운을 보며 히죽 웃어 보였다.

"그래, 근래에 천은전장의 주인과 손을 잡았다. 곧 도착할
게다."

'천은전장이라면⋯⋯.'

분명히 지난날, 연이 있었던 이름이었다.

그러던 그때, 대장간 바깥이 소란스러워졌다.

"아오, 이 할망구는 뭔 이런 그지 같은 진법을 펼쳐 놨어?"

'⋯⋯이 목소리는?'

유신운은 당황스러웠다.

처음 만나는 천은전장주의 목소리가 귀에 익숙했기 때문이었다.

순간 대장간 안으로 거대한 덩치의 중년인이 불쑥 들어왔다.

"오! 먼저 와 있었나! 오랜만이군, 아우!"

그의 의형제인 풍뢰산군 도남강이 커다란 손을 흔들고 있었다.

❧

두 사람은 백이랑이 호철당의 사람을 통해 도남강에게 접근을 하여 알게 된 모양이었다.

본래 백이랑은 자신의 정체를 절대 노출하지 않지만, 도남강이 유신운을 물신양면 돕고 있다는 사실을 알고 지원을 해 주고자 연락을 한 것이었다.

그렇게 어찌어찌 회동을 하고 난 후, 유신운의 대한 굳건한 신뢰와 믿음이라는 공통점 하나로 이렇게까지 친밀한 사이가 되었고 말이다.

"형님, 이게 어떻게 된 일입니까?"

그러던 그때, 마파람에 게 눈 감추듯 밥을 퍼먹는 도남강에게 유신운이 말을 꺼냈다.

하지만 도남강은 태생이 산적인지라 듣지도 못하고 밥을 먹는 데에 집중하다가, 백이랑이 째려보자 그제야 헛기침을 하며 대답했다.

"크흠, 나도 이렇게 될 줄은 몰랐는데 말이지."

그리고 도남강이 천은전장의 주인이 된 전말은 이러했다.

알다시피 천은전장의 전대 장주는 도남강의 아버지인 길군평이었다.

도남강은 유신운을 통해 그 사실을 알게 된 후, 가슴에 묻고 살아가려 했지만 계속해서 미련이 남았다.

그런 마음은 계속해서 커졌고 결국 그는 길군평의 유품이라도 얻고자 단신의 몸으로 천은전장에 몰래 침투한다.

길군평의 일기장을 품에 넣고 도남강이 돌아가려던 그때, 현 천은전장의 주인이자 길군평의 형인 길준후와 마주하게 된다.

길준후는 소란을 일으키지 않고 이런 날이 찾아오리라 생각했다며 그와 대화를 나누었다고 한다.

"……뭐, 그쪽도 대충은 알고 있었던 모양이야."

길준후는 물욕에 도리를 저버리지 않는 인격자였다.

그는 죽은 자신의 동생을 지극히 사랑했고, 죽기 전에 이루고 싶었던 소망이라며 말을 이어 갔다.

놀랍게도 길준후는 이미 자신은 많은 것을 누렸으니, 모든 것을 조카인 도남강에게 넘기겠다 말했다.

도남강은 끝까지 거부했지만, 백부의 거듭된 설득에 결국 뜻을 이어받고 말았다.

"백부님은 천은전장의 모든 것을 내 뜻대로 사용하라 말씀하셨네."

거기까지 말한 도남강은 유신운을 바라보며 한마디를 덧붙였다.

"그리고 나는 아우의 계획에 모든 것을 쏟아부을 생각이지."

"……형님."

유신운은 진심으로 감동하여 도남강에게 예를 표했다.

하지만.

아직 놀랄 일은 한 가지가 더 남아 있었다.

그때, 유신운이 걱정스러운 표정으로 도남강을 바라보며 말을 꺼냈다.

"흐음, 그런데 형님."

"으응?"

"천은전장의 주인이 된 사실은 숨겨 두는 것이 좋겠습니다. 다른 대채주들이 괜한 트집을 잡으며 싸움을 걸 것 같군요."

유신운의 걱정에 도남강이 피식 웃으며 말을 꺼냈다.

"대채주들이 감히 나한테 뭐라 할 수 있겠나?"

"예? 아무리 그래도……."

"아우는 잘 모르겠지만 말이야. 녹림은 총표파자에 오른 순간 무소불위의 권력을 얻는다네."

"아하, 그렇……. 예?"

무의식적으로 고개를 끄덕이던 유신운이 당황하며 되물었다.

도남강의 말에 담긴 속뜻을 알아차린 것이었다.

"후후, 맞네. 어제부로 이 형이 녹림의 총표파자의 자리에 올랐다네."

"……예?"

도남강은 천은전장의 주인이 됨과 동시에 대채주의 지위를 넘어 녹림 72채를 전부 다스리는 총표파자의 자리까지 올라 있었다.

"사실 이것도 아우님의 덕분이라네."

도남강의 말은 허언이 아니었다.

일단 백운세가의 지속적인 도움으로 천목채를 비롯한 그의 산채들의 규모 또한 급격히 커졌다.

다른 대채주들 두 명의 병력을 모두 합친 것보다도 강력해진 것이다.

게다가 유신운과의 지속적인 무학의 교류로 화경의 벽을 넘어 녹림 역사상 최초로 현경의 경지에 오른 그를 막을 자는 누구도 없었다.

오로지 실력과 힘으로 나머지 두 명의 대채주(大寨主)를 꺾고 녹림의 지배자가 되었다.

"지금까지의 싸움에서 큰 보탬이 되어 주지 못해 미안하네. 하지만 이제는 다를 것이야. 이제 이 우형만 믿게나."

그렇게 유신운은 중원 최대의 전장인 천은전장.

그리고 중원 전역에 퍼져 있는 녹림 72채의 도움까지 받을 수 있게 되었다.

'전장의 판도가 뒤집히겠군.'

유신운은 감탄하며 진심으로 그렇게 생각했다.

그 모습을 보며 뿌듯해하던 도남강은 이내 대장간을 빠져나가려 했다.

"후우, 아무튼 이 소식을 전해 주고 싶어 직접 왔네. 듣자하니 이제 저 할망구, 아니 백 당주와 할 일이 많은 것 같으니 방해하지 않도록 난 이만 가 보겠네."

그렇게 발걸음을 돌리는 도남강을 유신운이 붙잡았다.

"잠깐 기다리십시오, 형님."

"으응?"

"어찌 이렇게 형님을 보낼 수 있겠습니까. 형님도 제 선물을 받아 가셔야죠."

"선물?"

선물이라는 말에 옆에서 조용히 듣고 있던 백이랑도 고개를 갸웃했다.

주괴는 분명히 자신에게는 큰 선물이다.

하지만 도남강에게는 쓸모없는 철 덩어리에 불과하기 때문이었다.

그렇게 유신운을 제외한 전부가 의아해하던 그때.

유신운이 소매를 걷으며 옆에 놓여 있던 망치를 들었다.

"당주님, 절 좀 도와주실 수 있겠습니까?"

"그, 그러지."

그녀가 얼떨결에 유신운의 곁으로 다가왔다.

백이랑이 사흉의 힘으로 두 신검을 만든 사실을 알아낸 순간부터.

유신운의 머릿속에는 한 가지 의문이 맴돌았다.

그 의문이란 바로······.

'재앙의 힘을 담지 못할 건 또 뭐야?'

라는 것이었다.

그랬다.

유신운은 도남강에게 7재앙의 힘이 담긴 보구를 선물해 줄 계획이었다.

망치를 든 채 유신운은 작업대로 터벅터벅 걸어갔다.

백이랑은 유신운의 요청에 따라 작업대 옆에 섰고, 도남강은 갑작스러운 상황에 어리둥절해하고 있었다.

'도남강은 분명히 권사(拳士)였지.'

유신운은 도남강의 무공을 떠올리며 간이 아공간에서 그에게 가장 어울리는 물건을 꺼냈다.

"……그건?"

한눈에 보기에도 신묘한 기운을 흩뿌리는 팔찌가 모습을 드러내었다.

양산형 보패 '건곤권'을 확인한 백이랑이 눈을 빛내며 말을 꺼냈다.

"보아하니 일전에 적에게서 빼앗았다던 개조된 보패 중 하나로군."

"맞습니다."

고개를 끄덕이며 대답하는 유신운의 눈앞에 건곤권의 상태창이 떠올라 있었다.

[건곤권(乾坤圈)]
종류 : 보패
등급 : A

권능 :

1. 근력 상승.

2. 수월륜(水月輪) / 사용 제한

본래 사용하는 자의 선천진기를 흡수하여 권능을 발휘하는 저급 보패였으나, 백액호의 힘으로 정화되어 새로운 능력을 얻게 되었다.

건곤권은 사파련주 북리겸이 준비해 놓았던 양산형 보패 중 하나였다.

양산형이라는 수식어처럼 착용자의 근력을 향상시키는 단출한 능력을 지닌 보패였는데, 흑점이가 정화를 시켰음에도 A 등급에 불과한 물건이었다.

하지만 그럼에도 유신운이 건곤권을 재앙의 힘을 담기 위한 재료로 선택한 이유는 간단했다.

일단 이 세계에서는 오로지 보패에만 '인챈트'를 시도할 수 있으며.

그중에서도 양산형 보패만이 주인이 선기나 요기가 없음에도 사용할 수 있기 때문이었다.

사실 유신운이 인챈트, 즉 병장기에 특수한 힘을 부여하는 스킬을 시도한 것은 이번이 처음이 아니었다.

아군의 전력을 가장 쉽고 빠르게 강화시키는 데에 장비만 한 것이 없었기에, 유신운은 평범한 무기들에 사령술의 힘을 담아 보려 했다.

하지만 마나가 현저히 부족한 이 세계는 광물에도 마나를 담아내는 성질이 전혀 없었다.

하는 족족 인챈트는 실패했다.

하지만 포기하지 않고 모든 가능성을 확인하던 중, 보패는 인챈트 작업을 버틸 수 있다는 걸 발견했다.

그러나 한 가지 문제가 발생했다.

앞서 말한 것처럼 유신운 휘하의 일반적인 무인들은 선기를 지니고 있지 않기에, 정작 인챈트가 완성된 무기를 사용할 수가 없다는 점이었다.

'그렇게 완전히 포기하고 있었는데, 북리겸이 아주 완벽한 선물을 주고 떠났지.'

유신운이 통 큰 유품을 남기고 황천으로 떠난 북리겸을 떠올리던 그때, 백이랑 또한 망치를 들며 말을 꺼냈다.

"시작하면 되겠나?"

"예, 제가 말씀드리기 전까지는 멈추지 마십시오."

"그래, 알겠네."

스아아!

촤아아!

대답과 동시에 두 사람의 전신에서 막대한 기운이 흘러나왔다.

깡!

까강!

작업대의 양쪽에 선 두 사람이 망치질을 시작하자, 청아한 소리가 울려 퍼지기 시작했다.

'놀랍군!'

도남강이 그 모습을 보며 저도 모르게 탄성을 터뜨렸다.

두 사람의 기운은 완전히 상반된 속성을 지니고 있었다.

유신운의 기운은 흐르는 물처럼 고요하기 이를 데 없었지만, 백이랑의 기운은 폭발하는 활화산처럼 거칠었던 것이다.

하지만 놀랍게도 두 기운은 그 와중에 절묘하게 균형을 맞추고 있었다.

깡!

까강!

다시금 청아한 망치질 소리가 대장간 안에 퍼져 나갔다.

모르는 이가 본다면 망치로 괜히 멀쩡한 물건을 깨뜨리려는 것처럼 보였겠지만, 실상은 전혀 달랐다.

[플레이어가 보패, '건곤권'의 인챈트를 시도합니다.]

[플레이어가 휘하의 소환수, '발록'의 기운을 보패, '건곤권'에 부여합니다.]

[현재 인챈트 완성도 30%.]

유신운이 망치질을 할수록 8재앙, 발록의 힘을 품기 시작한 건곤권이 영롱한 빛을 발하고 있었다.

그 모습에 백이랑은 너무 놀라 하마터면 망치를 놓칠 뻔했지만, 작업 전 유신운이 했던 당부를 떠올리며 겨우 정신을 붙잡았다.

'이 아이는 대체…….'

장인(匠人)의 정점에 오른 그녀의 눈은 유신운을 자신과 비등한 경지의 장인으로 인정하였다.

그렇게 한참의 시간이 흐른 뒤.

까가강!

마침내 망치질 소리가 끝이 났다.

[축하합니다. 인챈트 작업이 완벽히 성공했습니다.]

[플레이어가 경계를 초월한 새로운 '마도구(魔道具)'를 창조해 냈습니다.]

[현계에 최초로 '혼마보패(混魔寶貝)'가 탄생하였습니다.]

[플레이어가 혼마보패, '진혼(鎭魂)의 마염권(魔炎圈)'을 획득하였습니다.]

그리고 유신운은 본인의 힘으로 완전히 새로운 신기(神器)를 탄생시키고야 말았다.

'혼마보패라. 이런 결과는 전혀 예상하지 못했는데…….'

유신운은 놀람을 금치 못하며 '진혼의 마염권'이라는 새로운 이름으로 변한 건곤권을 확인했다.

[진혼(鎭魂)의 마염권(魔炎圈)]
종류 : 혼마보패(混魔寶貝)
등급 : SSS
진혼의 집행자, 발록의 힘과 보패 건곤권의 힘이 합쳐져 전혀 새로운 신물이 완성되었다.
혼마보패는 주인의 내기를 폭발적으로 향상하며, '요괴'와 '몬스터'를 상대할 때 한계 이상의 힘을 발휘하게 한다.
권능 :
0. 괴이엽사(怪異獵師) / 패시브 : 모든 이형의 존재와 전투를 치를 때, 초월한 힘을 부여한다.
1. 초근력(超筋力).
2. 흑천겁화(黑天劫火).

A등급이었던 건곤권은 진혼의 마염권이 되며 SSS로 등급이 급상승하여 있었다.
전생에서 인챈트로 이런 말도 안 되는 등급의 상승은 본적이 없었기에, 유신운은 어안이 벙벙할 따름이었다.
하지만 그것도 잠시뿐, 이내 평정심을 찾은 유신운은 이 새롭게 얻은 기연을 활용할 방안을 빠르게 떠올렸다.
'사파련에서 회수한 양산형 보패는 산더미처럼 쌓여 있다.

그것들을 모조리 이렇게 강화한다면……'

유신운이 속으로 회심의 미소를 짓던 그때.

"후우, 후……. 와서 한번 확인해 보게나."

"예, 예."

거친 숨을 고르며 백이랑이 도남강에게 말을 꺼냈다.

그러자 도남강이 황홀한 광채를 발하는 팔찌를 넋 놓고 바라보다가 한걸음에 다가왔다.

하지만 도남강은 손만 뻗으면 닿을 곳까지 왔음에도, 가만히 선 채 아무런 행동을 취하지 못했다.

앞서 유신운이 선물이라고 하였기는 했으나, 신보(神寶)라고 불려도 부족함이 전혀 없는 이 귀물을 자신이 감히 사용해도 되는지 의문이 들었기 때문이었다.

스윽.

"……아우님."

그러던 그때, 유신운이 직접 마염권을 들어 그에게 건넸다.

긴장한 표정의 도남강이 한참을 고민하다가 건네받은 마염권을 자신의 팔목에 끼웠다.

스아아아!

"……!"

그리고 그 순간, 도남강은 마염권과 육신의 기혈이 마치 하나로 연결되는 느낌을 받았다.

콰아아!

콰가가가!

그리고 알 수 없는 미지의 기운이 해일처럼 전신에 밀려오
았다.

그에 도남강이 눈을 감고 운기조식을 시작하자.

"처음에는 적응이 어려우실 겁니다. 천천히 길을 익히십
시오."

유신운은 한마디를 내뱉으며 도남강의 어깨에 손을 올리
고는 기운의 흐름을 도왔다.

그러자 빠르게 안정을 회복한 도남강이 겨우 눈을 떴다.

자신의 무위가 눈에 띄게 상승한 것을 확인한 도남강이 도
무지 믿기지가 않는다는 얼굴로 유신운을 바라보며 말을 꺼
냈다.

"……이건 정말이지 말도 안 되는 물건이군. 아우, 이런
귀물을 정말 날 줘도 되겠나?"

"물론입니다."

유신운은 일말의 고민도 없이 활짝 웃으며 대답하자, 진심
으로 감동한 도남강이 울컥하는 감정을 추스르며 말했다.

"……고맙네. 이 힘은 오로지 아우의 뜻을 돕는 데에만 쓰
겠네."

깊은 진심이 느껴지는 도남강의 대답에 유신운은 말없이
그저 환한 미소를 지어 보였다.

그렇게 사내끼리의 끈끈한 우정의 순간이 지나자, 유신운은 고개를 돌려 백이랑을 바라보았다.

그녀는 벌써 지친 기색이 역력하였다.

"자, 그럼 다음으로 넘어가 볼까요, 당주님?"

"휴우, 이놈이 정말 노인네를 말년에 쓰러지게 할 작정인가 보구나."

백이랑이 한숨을 푹 내쉬며 제 고개를 절레절레 가로저었다.

하지만 곧 그런 백이랑의 표정은 들뜬 아이처럼 변했다.

나이를 먹어도 유지되는 장인의 원초적인 본능 때문이었다.

그녀는 지금부터 만들 물건이 그녀의 긴 인생 중 최고의 역작이 되리라는 것을 직감적으로 알아차렸다.

작업에 지장을 줄 수 있는 고양감을 가라앉힌 그녀는 유신운에게 말을 꺼냈다.

"꺼내 보아라."

그녀의 말에 유신운이 간이 아공간에서 두 개의 물건을 집어 건넸다.

스아아.

촤아아.

흉험한 광채를 뿜어내는 거대한 보석 결정들.

두 보석은 다름 아닌 '도철의 불완전한 심장'과 '혼돈의 심장'이었다.

담천군의 총운신검이나 천마의 흑천마검에 견줄 신검을 만들 재료들이었다.

두 보석을 입을 벌리고 바라보던 백이랑이 황당해하며 말했다.

"……도대체 어떻게 사흉의 심장을 두 개나 가지고 있는 것이냐?"

"그냥 운이 좋았습니다."

"정말이지…… 가만히 보고 있으면 세상의 운이란 운은 네 녀석이 전부 차지한 것 같구나."

백이랑의 말에 유신운이 뒷머리를 긁적였다.

무슨 상황인지 몰라 어리둥절해하는 도남강을 뒤로하고, 백이랑이 다시금 망치를 쥔 손에 힘을 주기 시작했다.

"그럼 시작하마."

후아아!

촤아아!

그녀의 기운이 쏟아지며 대장간이 순식간에 엄청난 열기로 휩싸였다.

그런 상황에서 황공망이 급히 움직여 미리 준비해 놓았던 한 자루의 검을 작업대에 올려놓았다.

너무나도 평범한 생김새의 무명검이었지만, 놀랍게도 그 검은 강호인들이 하늘이 내린 광물이라 불리는 유성천괴(流星

天塊)로 만든 물건이었다.

시작할 준비가 완료되자, 유신운이 먼저 조화신기를 극한까지 불어 넣은 혼돈의 심장을 백이랑에게 건넸다.

그러자 백이랑이 건네받은 혼돈의 심장을 무명검의 검날에 올려놓았고.

스아아!

촤아아!

보는 것만으로도 가슴을 옥죄어 오는 것 같은 흉험한 빛을 발하며, 혼돈의 심장이 무명검에 녹아내리기 시작하였다.

깡!

까강!

백이랑이 자신의 모든 기운을 모두 끌어 올린 채, 무명검에 망치질을 하기 시작했다.

콰아앙!

콰가가!

그때마다 혼돈의 힘이 거센 파동을 일으켰지만, 백이랑은 결코 행동을 멈추지 않았다.

'혹시나 다치시지 않게 최대한 기운을 쏟아 낸다.'

유신운은 끌어 올린 조화신기를 백이랑에게 전달하였다.

혼돈의 힘의 반발력에 핏기가 사라졌던 그녀의 안색이 빠르게 정상의 빛으로 회복되기 시작했다.

그리고 그와 동시에 유신운의 눈앞에 일련의 시스템 메시지가 떠올랐다.

['이름 없는 검'에 사흉, '혼돈'의 영혼이 깃들기 시작합니다.]
[사흉, '혼돈'의 영혼이 플레이어와 연결됩니다.]

신검을 만드는 작업에는 필수적으로 사흉의 영혼을 담는 작업이 동반되었다.
'……부디 잘돼야 할 텐데.'
백이랑이 망치질을 하며 유신운을 걱정했다.
이 작업에서 사흉의 영혼과 연결되며 사념 싸움이 시작되기 때문이었다.
자칫 잘못하여 패배하게 되면 비참한 죽음을 맞이하게 된다.
하지만…….

[주의! 이미 플레이어와 영혼이 연결되어 있습니다. 과정이 생략됩니다.]

그녀가 걱정하던 일은 벌어지지 않았다.
혼돈은 싸울 의지가 없다는 듯, 자신의 영혼을 너무도 쉽게 무명검에 내주었다.

현재 사흉 중 혼돈의 좌는 여득구가 차지하고 있었다.

어찌 보면 당연한 결과였다.

'좋아. 그럼 다음으로.'

유신운은 여유를 찾으며 다음으로 '불완전한 도철의 심장'을 무명검의 검날에 올려놓았다.

스아아!

콰가가가!

'……!'

하지만 그때, 상황은 종전과 전혀 다르게 전개되었다.

갑자기 기운의 반발이 미친 듯이 심해진 것이다.

"쿨럭!"

그 반발력에 내상을 입은 백이랑이 검은 피를 토해 냈다.

유신운은 여득구의 갑작스러운 행동에 당혹스러울 따름이었다.

'설마?'

그 순간, 유신운은 무명검에서 느껴지는 영혼의 결이 여득구의 것과 비슷하면서도 분명히 다르다는 사실을 뒤늦게 깨달았다.

ㅡ……인간 따위가 나를 부른 것인가.

여득구의 아비이자, 사흉 중 최강의 힘을 지닌 존재.

도철의 사념이 유신운과 연결된 순간이었다.

유신운은 갑자기 귓전에 울려 퍼진 도철의 음성에 당황했
다.

혼돈의 힘과 마찬가지로 도철의 심장 또한 여득구와 연결
될 줄 예상했기 때문이었다.

아무래도 아직 여득구가 '도철'의 이름까지는 얻지 못했기
때문에 벌어진 일인 듯했다.

'현신(現身)한 것은 아니고 사념만 연결된 것 같은데.'

도철의 형상은 어느새 주변에 자욱하게 피어난 안개에 가
려져 있었다.

살의에 가득 찬 흉포한 짐승의 안광(眼光)만이 유신운을 향
하고 있었다.

─건방진, 하찮은 벌레 따위가 감히 나의 힘을 탐할 수 있
을 것 같더냐.

스아아!

콰아아!

그때, 도철에게서 가공할 기운이 솟구쳤다.

순식간에 뜨거운 열기로 가득했던 대장간이 얼음장 같은 한기(寒氣)로 채워졌다.

살육의 의념이 유신운에게 쏘아졌다.

그리고 한기는 움직임을 멈추지 않고 유신운의 폐부까지 밀려들어 왔다.

놈은 유신운의 심장을 얼려 버리려 하고 있었다.

도철의 눈에 멸시의 감정이 떠오르던 그때.

"까부네?"

콰아아!

콰가가가!

유신운이 제 미간을 찌푸리며 자신의 힘을 전력으로 개방했다.

조화경의 기운이 폭발하자 북해와 같았던 대장간이 다시금 봄처럼 따뜻해졌다.

심장을 옥죄던 한기를 날려 버린 유신운이 살기 어린 눈빛으로 도철을 다시 노려보았다.

-네놈이 어찌 그 힘을……!

도철은 당황한 기색을 숨기지 못하고 있었다.

자신이 쏘아 낸 의념이 통하지 않은 것을 넘어 흔적도 없이 박살이 났기 때문이었다.

하지만 유신운은 녀석의 궁금증을 친절히 풀어 줄 생각 따위는 없었다.

애초에 과거 여득구에게 한 짓에 유신운 또한 도철에 대한 적의가 충만했기 때문이었다.

"알 거 없고. 힘이나 내놓고 꺼져."

스아아!

촤아아아!

유신운은 싸늘한 한마디와 함께 무명검에 조화신기를 쏟아붓기 시작했다.

유신운은 혼돈 때와 달리 거친 방법을 사용하기로 결정했다.

그의 전신에서 조화신기가 휘몰아치자 본능적인 위협을 감지한 도철이 당황했다.

그는 당장 유신운과 연결된 사념을 끊어 내려 했지만.

"기어 다니는 안개."

그보다 한발 앞서 유신운이 새롭게 얻은 EX 등급의 스킬을 시전했다.

[기어 다니는 안개(The Crawing Mist)]

등급 : EX-

허무(虛無)의 세계를 유영하는 천형(千形)의 군주.

오로지 세계에 공포와 광기를 뿌리기 위해, 이 얼굴 없는 신은 당신에게 자신의 자그마한 권능을 허락합니다.

개방 권능

1. 영혼 침식 : 필멸자의 정신을 지배하는 것은 너무도 간단한 일입니다. 이제 당신은 불멸자의 영혼조차 지배할 수 있을 것입니다.

2. ?

3. ?

유신운의 입이 달싹임과 동시에 그의 전신을 감싸던 조화신기가 칠흑같이 어두운 유동체로 변화하였다.

－이 무슨?

그리고 순식간에 공간을 잠식하기 시작한 그 어둠은 도철의 안개마저 집어삼켰다.

밤의 장막에 가려진 듯 시야가 완전히 사라진 도철이 신음을 토해 냈다.

그러던 그때, 심연의 어둠 속에서 타오르는 세 개의 눈동자가 자신을 향하였고.

－……!

도철은 이제 신음조차 쏟아 내지 못했다.

그는 태어나 처음으로 '고통'이라는 것을 느끼고 있었다.

의문의 눈을 바라본 순간부터, 영혼과 정신 모든 것이 갈기갈기 찢겨 나가는 느낌이었다.

[기어 다니는 안개의 권능, '영혼 침식'이 성공적으로 발현되었습니다.]

[플레이어가 상대의 영혼을 강제로 탈취하기 시작합니다.]

복종하라. 경배하라. 사멸하라.

도철의 머릿속은 동시에 천 개의 종이 울리는 것처럼 시끄럽고 어지러웠다.

'……이대로는.'

도철은 최악의 상황이 다가오는 것을 깨닫고 아직 자신의 정신이 온전할 때, 뼈아픈 선택을 감행했다.

그건 바로 놈에게 장악당한 영혼의 일부를 잘라 내어 내주고 온전한 정신을 유지하는 것이었다.

-크아아악!

당연하게도 영혼의 일부를 베어 내는 것은 자신의 몸을 스스로 잘라 내는 것과 같았기에, 아득해지는 극한의 고통이 도철을 찾아 왔다.

─인간…… 놈, 기다……리거라.

겨우 유신운의 힘에서 벗어난 도철이 살기가 가득한 마지막 말을 남기고 황급히 사라졌다.

그러나 유신운은 녀석의 뒷말을 조금도 두려워하지 않았다.

'나야 고마울 따름이지. 다만 그때는 자식에게 모든 걸 뺏길 준비를 하는 게 좋을 거다.'

그저 패배자의 뒷모습을 비웃음 가득한 얼굴로 쳐다볼 따름이었다.

도철이 사라지자 사흉이 뿜어내던 중압감에서 벗어난 도남강과 백이랑이 당황하여 말을 꺼냈다.

"대, 대체 이게 무슨?"

"……설마 사흉이 직접 강림을 했던 것인가?"

두 사람이 터질 듯 커다래진 눈으로 유신운을 바라보았다.

그러자 유신운이 아무 일도 아니라는 듯 그들을 진정시켰다.

"예, 근데 괜한 행패를 부리길래 한 대 쥐어박고 쫓아냈습니다."

"……?"

"……그게 무슨?"

두 사람은 유신운의 말이 도저히 이해가 가지 않았지만.

스아아!

촤아아아!

두 사흉의 힘을 이어받은 무명검이 어두운 광채를 발하며 모습이 변화하기 시작하자, 그만 입을 다물 수밖에 없었다.

[이름 없는 검'에 빼앗은 사흉, '도철'의 영혼의 파편이 스며들기 시작합니다.]

[이미 자리잡은 혼돈의 영혼과 도철의 영혼이 충돌합니다.]

백이랑은 긴장감에 목구멍으로 침을 꿀꺽 삼켰다.

총운신검과 흑천마검을 만들 때도 본 적이 없던 광경이었기 때문이었다.

유성천괴는 과연 두 사흉의 힘을 견딜 수 있을 것인가.

'운에 맡기는 수밖에는…….'

그렇게 억겁같이 느껴지는 찰나의 시간이 흐르고 난 후.

스아아아!

촤아아!

마침내, 변화를 마친 무명검이 모습을 드러냈다.

총운신검처럼 신묘한 선기가 느껴지지도, 흑천마검처럼

끔찍한 마기가 느껴지지도 않았다.

다만 모든 것을 불사르고 남은 듯한 잿빛의 검날은, 보는 이에게 알 수 없는 섬뜩함을 자아내고 있었다.

백이랑이 슬며시 검을 들었다.

"크읍!"

그러자 그 순간, 온몸을 진동시키는 엄청난 반발력에 백이랑은 검을 놓치고 말았다.

검에 깃든 사흉의 두 혼이 감히 자신에게 손을 대느냐며 날뛴 것이었다.

'……말도 안 되는 기운이로군.'

하마터면 기혈이 뒤집히며 주화입마에 빠질 뻔한 백이랑의 안색이 새하얗게 질려 있었다.

"괜찮으십니까?"

"후우, 괜찮네. 한데 자네도 조심해야 할……!"

섣불리 검을 집지 말라 전하려던 백이랑은 말을 하다 말고 깜짝 놀랐다.

유신운이 몸을 숙여 자신이 떨어뜨린 검을 덥석 쥐었기 때문이었다.

하지만 유신운은 그녀와 달리 너무나도 평온해 보였다.

우우웅!

우웅!

무명검이 날뛰지 않는 것이 아니었다.

유신운이 그 반발력을 훨씬 뛰어넘는 기운으로 가볍게 제압해 버린 것이었다.

'이 아이는 도대체?'

더 이상 놀랄 것이 없다고 생각했지만, 그 예상을 또다시 부순 유신운을 넋을 잃고 바라보았다.

하지만 그것도 잠시 정신을 추스른 백이랑이 검에 빠진 유신운에게 말을 꺼냈다.

"이름은 무엇으로 하겠는가."

그러자 잠시 생각에 잠겼던 유신운이 나직한 목소리로 대답했다.

"회월(灰月). 그것밖에는 없을 것 같군요."

"잿빛 달이라……. 참으로 어울리는 이름이로군."

백이랑이 말하자 곁의 도남강 또한 동감한다는 듯 제 고개를 끄덕였다.

'도철의 영혼 때문에 완벽하진 않지만 이 정도도 충분히 만족할 만해.'

유신운은 회월을 들어 올리며 만족한 미소를 지어 보였다.

◆

그로부터 잠시 후, 밀렸던 작업들마저 모두 끝낸 유신운은 대장간의 문 앞에 섰다.

떠날 준비를 하는 유신운을 백이랑이 복잡한 감정이 담긴 눈빛으로 바라보았다.

사지로 떠나는 손자를 바라보는 눈빛이었다.

"이제 떠나려느냐."

"네, 아직도 전력이 부족합니다. 원군이 될 수 있는 곳은 다 건드려 봐야죠."

"……후, 마교는 결코 쉽지 않은 곳이다."

"걱정하지 마십시오. 확실한 명분을 쥐고 있으니, 분명히 좋은 결과가 나올 겁니다."

밝게 대답하는 유신운을 바라보며 백이랑이 한참을 고민하다가 입을 열었다.

"혹여 그들이 말을 듣지 않는다면 차라리 네가 마교를……."

"예?"

유신운이 고개를 갸웃했지만, 백이랑은 머뭇거리다가 결국 뒷말을 마치지 못했다.

"……아니, 아니다. 쓸데없는 소리를 할 뻔했군. 부디 조심하여라."

"예, 그럼 정말 가 보겠습니다."

유신운이 백이랑과 도남강에게 고개를 꾸벅이곤, 이내 진법의 생문을 밟으며 빠르게 멀어져 갔다.

그 모습을 보며 황공망이 깊은 생각에 잠겼다.

'……총운, 흑천. 두 검의 이름 뒤에 붙은 신검과 마검은 세상 사람들이 붙인 것.'

과연 유 가주의 검은 무슨 이름으로 불리게 될 것인가.

같은 시각.

선계(仙界), 곤륜도(崑崙島).

쐐애액!

콰직!

파공성과 함께 날아든 무언가에 머리가 꿰뚫린 요괴 선인 하나가 숨을 거두고 땅에 엎어졌다.

촤아아!

검은색 자의 형상을 한 건곤척(乾坤尺)이 순식간에 주인의 손으로 돌아갔다.

연등도인(燃燈道人)이 피에 젖은 건곤척을 보며 낯빛이 어두워졌다.

'아아, 곤륜도가 어찌 이런 참혹한 꼴이 되었단 말인가!'

항상 아름다운 풍경과 선인들의 웃음소리가 가득하던 곤륜도는 피로 가득한 참혹한 모습이 되어 있었다.

선인들과 요괴 선인들 사이에서 벌어진 전쟁 때문이었다.

하지만 감상에 빠져 있을 시간이 없다는 듯, 연등도인은 다시금 선기를 담은 건곤척을 적들에게 투척했다.

"모두 물러서지 마라! 요괴들을 곤륜도에 들일 순 없다!"

콰드득!

콰직!

음양의 기운이 거꾸로 담겨 있는 건곤척이 허공에서 맹렬히 회전하며 적들의 머리에 커다란 구멍을 뚫어 내고 있었다.

연등도인은 곤륜의 십이선인 중 하나로 원시천존을 제외하면 가장 높은 서열을 차지하는 선인으로 강대한 힘을 지니고 있었다.

하지만 그의 이러한 활약에도 불구하고.

"크아악!"

"쿨럭!"

곳곳에서 들려오는 끔찍하게 죽어 가는 선인들의 신음은 줄어들지 않고 있었다.

연등도인의 표정이 더욱 어두워졌다.

작금의 상황은 너무나도 심각했다.

자칫 잘못하면 곤륜의 선인 중 누구 하나 살아남을 수 없으리란 생각이 들 정도였다.

연등도인이 깊은 한숨과 함께 누군가를 떠올렸다.

'……그분만 갑자기 사라지지 않으셨다면.'

절대로 열 수 없는 선계의 문을 열고 요괴 선인들이 습격해 왔을 때도, 곤륜의 선인들은 누구도 심각하게 생각하지 않았다.

자신들의 힘이 요괴 선인들에 비해 월등히 강함을 알고 있었기 때문도 있었지만.

요계와 선계의 경계에 자리하던 의문의 중재자에 대한 믿음이 컸기 때문이었다.

하지만 무슨 이유에선가 그는 모습을 감췄고, 방심했던 선인들은 엄청난 피해를 입을 수밖에 없었다.

쐐애액!

콰가가!

"……!"

상념에 사로잡혀 있던 그때, 공기가 찢어지는 소리와 함께 그에게 알 수 없는 물체가 날아들었다.

연등도인이 다급히 몸을 회전하며 의문의 물체를 피해 냈다.

콰아아앙!

쿠르르!

그러자 거대한 폭음과 함께 그가 서 있던 자리에 무언가가 처박혀 있었다.

회피를 끝내고 뒤늦게 날아든 물체의 면면을 확인한 연등도인의 눈이 터질 듯 커졌다.

"보, 보현!"

그와 같은 십이선인 중 한 명인 보현진인이 처참한 몰골로
쓰러져 있었다.

오구검이 심장에 박혀 덜렁거리고 있었고, 죄인들을 포획
하던 장홍색의 밧줄은 그의 목을 조르고 있었다.

"언제 보아도 우습구나."

그러던 그때, 세상의 모든 어둠이 합쳐진 것과 같은 목소
리가 울려 퍼졌다.

연등도인이 분노에 찬 표정으로 고개를 돌리자.

"벌레들 따위가 하찮은 힘을 가지고 발버둥 치는 꼴은."

혈교주가 사이한 미소와 함께 그를 내려다보고 있었다.

"쿨럭!"

연등도인이 기침과 함께 붉은 피를 토했다.

먹구름이 낀 듯 시야가 흐릿해졌다.

폐부가 찢기는 듯한 극심한 고통에 그대로 의식이 끊어지
려던 그때.

쐐애액!

콰가가가!

자신을 향해 폭우처럼 쏟아지는 피처럼 붉은 마기(魔氣)의
송곳들을 확인했다.

"크윽!"

연등도인이 겨우 제정신을 되찾으며 제 몸을 날렸다.

콰아아앙!

쿠르르!

거대한 폭음과 함께 조금 전까지 연등도인이 쓰러져 있던 자리가 엉망으로 부서져 있었다.

"후우, 후욱."

가쁜 숨을 고르며 그가 자신의 내부를 관조했다.

'……이런.'

낯빛이 급속도로 어두워졌다.

그 어떤 외력(外力)에도 끄떡없던 영체(靈體)가 산산이 붕괴하고 있었다.

"이제야 표정이 벌레에 걸맞게 바뀌었구나."

듣는 것만으로도 선기를 진탕시키는 음성이었다.

연등도인이 침음을 흘리며 눈을 마주쳤다.

여유가 넘치는 혈교주가 비릿한 웃음을 지어 보이고 있었다.

악적의 힘은 너무나 강대했다.

홀로 보현진인을 비롯한 십이선인의 절반을 쓰러뜨리고, 팽팽했던 곤륜과 금오도의 전쟁의 판도를 한 번에 뒤집었음에도……

넝마가 된 연등도인의 처참한 몰골과는 달리 몸에 작은 상흔조차 없었으니까.

이미 어떤 결말이 펼쳐질지 명백한 상황이었다.

하지만 연등도인은 비틀거리며 다시금 몸을 일으켰다.

그리고 타오르는 듯한 눈빛으로 혈교주를 노려보았다.

'저런 흉마(凶魔)가 인세에 강림한다면 그야말로 재앙이 펼쳐질 것이다.'

절대 그리되도록 할 수는 없었다.

그의 눈빛에 결연한 의지가 엿보이고 있었다.

'내 모든 것을 바쳐서라도……!'

스아아!

콰아아!

연등도인의 전신에서 선기가 미친 듯이 쏟아지기 시작하였다.

한 눈에 보아도 자신의 한계를 아득히 벗어난 힘이었다.

두두두두!

구구구!

연등도인이 서 있던 자리가 지진이라도 난 듯이 어지럽게 흔들렸다.

그는 자신의 존재를 제물로 최후의 보패를 발동하였다.

좌아아!

찬란한 황금빛으로 빛나는 거대한 탑이 모습을 드러냈다.

푸른빛으로 빛나는 영험한 불꽃이 탑의 전체를 둘러싸고

있었다.

삼십삼천영롱보탑(三十三天玲瓏寶塔).

지금까지 선계에 거대한 위협이 있을 때마다, 적들을 봉인 시켰던 곤륜 선인들의 최강의 보패였다.

"아아!"

"……연등도인님."

영롱보탑을 바라보는 주변의 선인들이 안타까움이 가득한 탄식을 쏟아 냈다.

"신염(神炎)이여! 악을 멸하라!"

화르륵!

콰가가가!

연등도인의 사자후와 함께 영롱보탑의 청염이 허공으로 높이 솟구쳐 오르더니, 이내 혈교주를 향해 해일처럼 밀려들 었다.

청염이 집어삼킨 모든 것이 재가 되어 사라지고 있었다.

세상의 어떤 것도 버틸 수 없을 것만 같은 위용이었지만.

"그따위 것을 믿고 있는 것이었더냐?"

혈교주는 그저 우습다는 듯 제 입꼬리를 말아 올렸다.

그러던 사이 청염의 파도가 그의 코앞까지 들이닥쳤다.

혈교주가 손을 뻗으며 한마디를 내뱉었다.

"멈춰라."

그러자 다음 순간.

좌아아!

파앗!

상황이 완전히 뒤바뀌었다.

'……!'

연등도인이 경악에 휩싸여 있었다.

그를 덮치던 청염의 해일이 입이 달싹임과 동시에 허공에 그대로 정지하여 있었다.

혈교주가 다시 한번 입을 열었다.

"사라져라."

스르르!

사아아!

곧이어 허공에 멈춰 선 청염의 파도가 모래알처럼 흔적도 없이 흩어졌다.

혈교주가 그저 '말'을 내뱉는 분이건만, 선계의 그 어떤 술법보다 강력한 힘을 발휘하고 있었다.

파밧!

"흡……!"

혈교주가 찰나 만에 연등도인의 지근거리까지 이동했다.

쐐애액!

좌악!

"컥!"

혈교주가 연등도인의 목을 움켜잡고 들어 올리자, 낯빛이 파랗게 질린 그가 몸을 떨었다.

"그래, 그 표정이다."

절망이 떠오른 그의 표정을 음미하던 혈교주의 등뒤로 예의 피의 가시들이 솟구쳐 있었다.

푸욱!

푸푹!

섬뜩한 소리와 함께 전신에 구멍이 뚫린 연등도인의 몸이 힘없이 허물어졌다.

"혈교천세!"

"적들을 해치워라!"

그 틈을 놓치지 않고 이령주가 이끄는 혈교의 군세가 선인들을 해치우기 시작했다.

다시금 피로 물드는 곤륜을 바라보며 혈교주가 입을 달싹였다.

"그런데 네가 말한 '파수꾼'은 어디에 있는 것이냐."

그런데 무언가 이상했다.

"그래, 네 말대로 인계에 강림한 것일수도 있겠군."

주변에는 분명히 아무도 없었건만 그는 누군가와 대화를 나누고 있었기 때문이었다.

"하나 대수롭지 않은 일이다."

혈교주는 대화를 이어 갔다.

"……파사꾼이든 역천자든 멸하면 그뿐이니."

순간, 혈교주의 뱀의 그것과 같은 세로 동공의 두 눈이 번뜩였다.

"그래, 모든 것은 '우리'의 뜻대로 이루어질 것이다."

감숙성 돈황(敦煌).

싸늘한 밤이 찾아온 고비사막을 흑장의로 얼굴과 몸을 가린 두 사람이 걷고 있었다.

호시탐탐 방랑자들을 노리는 마적 떼와 굶주린 짐승들 때문에 아무리 다급한 상단이라도 찾지 않는 위험한 경로였다.

"소교주님, 조금만 힘내십시오. 곧 약속 장소가 나올 겁니다."

"……예."

주태명이 걱정스러운 눈빛으로 말을 꺼내자, 천서린이 힘없이 대답했다.

그녀는 걱정을 끼치고 싶지 않아 목소리를 높이고 싶었지만, 여태껏 한숨도 자지 못하고 여정을 이어 왔던지라 그리할 수가 없었다.

그러던 그때, 천서린이 걸음을 멈추고 슬며시 뒤를 돌아보았다.

그 모습을 확인한 주태명이 깊은 한숨을 내쉬며 말을 꺼냈다.

"후, 아직 믿음을 버리지 못하신 겁니까? 소교주, 놈은 오지 않을 겁니다."

"……."

"소신의, 그자가 저희를 속이고 이용한 것입니다."

주태명의 말에 천서린의 표정이 더욱 어두워졌다.

그랬다.

모든 일을 마치고 뒤따른다는 소신의의 말을 아직도 천서린은 한편으로 믿고 있었던 것이다.

"놈이 어찌 저희를 따라오겠습니까? 흔적을 지우기 위해 그 누구도 쫓지 못하도록 은밀히 움직였는데 말입니다."

분명히 펼쳐진 상황은 주태명의 말이 맞지만, 미련을 떨쳐 버릴 수가 없었다.

'……내가 본 그는 이리 무책임하게 약조를 저버릴 자는 아니었는데.'

복잡한 마음에 천서린은 대답을 하지 못했다.

그 처연한 모습을 보며 주태명은 별조차 없는 하늘을 올려다보았다.

'후우, 교주님의 병세를 완화할 약재는 얻었지만, 소신의가 없으면 본질적인 치료는 불가능하다. 교에 돌아간들 어찌해야 할지 정말 모르겠구나.'

흘러나오려는 무거운 침음을 억지로 안으로 삼켰다.

그리고 두 사람은 말없이 다시금 사막을 걸어갔다.

시간은 빠르게 흘렀고 곧 저 멀리 동이 터 오려 하고 있었다.

처척.

그때, 주태명이 걸음을 멈추었다.

"도착했습니다."

분명히 주변에는 모래 밖에 없이 황량했지만, 주태명은 한시를 놓았다는 표정이었다.

"진입하겠습니다. 이제부터 정확히 제 보보(步步)를 따라오셔야 합니다."

말을 마친 주태명은 이전과 달리 매우 신중한 모습으로 모래를 밟으며 앞으로 나아가기 시작했다.

천서린 또한 긴장한 표정으로 그런 그를 뒤따랐다.

스아아!

촤아아!

그러자 그 순간, 모랫바닥에서 영화로운 광채가 솟구쳐 오르기 시작했다.

아무런 흔적도 없었지만, 이곳에는 마교의 절진이 펼쳐져 있었던 것이다.

생로를 정확히 따라가자 모래에 숨겨져 있던 작은 샘과 초목이 펼쳐졌다.

그리고 그곳에는 의문의 중년인과 함께 일단의 무사들이

자리하고 있었다.

처척!

척!

침입자를 향해 살벌한 마기를 쏘아 내던 그들은 곧 천서린과 주태명을 확인하곤 모두 한쪽 무릎을 꿇으며 예를 갖추었다.

"충(忠)!"

"충! 소교주를 뵈옵니다!"

마교를 지탱하는 네 개의 가문.

신교사맥(神敎四脈) 중 견가(甄家)를 이끄는 견초번(甄草飜)과 마교 최고의 전투부대로 손꼽히는 흑천검대(黑天劍隊)의 고수들이었다.

견가와 흑천검대는 사맥 중 교주를 가장 지극히 따르는 이들이었다.

나머지 삼맥은 이미 부교주 천진중를 따르고 있는 이때, 천서린과 주태명이 유일하게 믿을 수 있는 이들이었다.

"우신장님, 고생이 많으셨습니다."

"……와 주어 고맙네."

"무슨 말씀입니까? 교주님의 생사와 관련된 일인데 당연히 나서야지요."

주태명의 눈빛에 고마움 가득한 진심이 담겨 있었다.

그런데 그럴 만한 이유가 있었다.

마교를 떠날 때까지만 하더라도 견초번은 그의 편에 서지
않았기 때문이었다.

견가는 본래 철저히 중립을 지키고 있었다.

한데 며칠 전 이들의 도움이 없으면 신교로의 복귀가 어렵
다는 것을 깨달은 주태명이 서신으로 자신만 유일하게 알고
있던 천서린의 존재를 알렸고, 그 사실을 믿은 견초번과 흑
천검대가 이곳까지 한걸음에 달려와 준 것이었다.

"두 분 다 일단 기력부터 보하셔야겠습니다. 한눈에 보아
도 기운이 많이 상하셨습니다."

순간 견초번이 수하를 향해 손짓했다.

"신단(神丹)을 가져와라."

그의 말이 끝나자마자 수하가 미리 준비한 비단 주머니를
가지고 왔다.

아직 주머니를 열지도 않았는데 주변으로 신묘한 기운이
넘쳐흐르고 있었다.

"오오, 천마신단을 가져온 겐가?"

"예, 혹시 필요할까 생각하여 챙겼는데 잘되었군요."

주태명의 표정에 화색이 감돌았다.

천마신단은 소림의 대환단과 비견되는 마교의 비전의 단
환이었기 때문이었다.

오랜 여정으로 기운이 많이 쇠해 있던 찰나에 최적의 물건
이었다.

"그럼 고맙게 받겠네."

주태명은 조금의 고민도 없이 천마신단을 받았다.

하지만 바로 삼키지는 않았다.

아무리 급하다고 해도 천서린을 옆에 두고 바로 운기행공을 할 수는 없었기 때문이었다.

"소교주님도 받으시지요."

그때 견초번이 지극히 공손한 태도로 천서린에게도 신단을 건네주었다.

'……뭐지?'

신단을 전해 받는 그때, 천서린은 마음 한편으로 왠지 모를 꺼림칙함을 느꼈다.

하지만 이내 의심을 떨쳐 버렸다.

아무리 생각해도 괜한 걱정이었기 때문이었다.

'그래, 소신의에게 배신을 당한 탓에 모든 것이 의심스러워 보일 뿐이야.'

천서린이 고민 끝에 신단을 챙기자, 견초번의 눈빛에 찰나간 이채가 떠올랐다가 사라졌다.

말 그대로 찰나에 불과했기에 천서린과 주태명 두 사람 모두 조금도 눈치채지 못했다.

이어 견초번이 고개를 돌려 주태명을 바라보았다.

"우신장님, 운기행공이 끝나는 대로 신교로 바로 이동하는 것이 어떻겠습니까?"

"바로 말인가? 천진중이 우리를 잡기 위해 십만대산 전체에 천라지망을 펼쳐 놓았을 터인데 가능하겠는가?"

"걱정하지 마십시오. 저희가 이곳까지 오며 안전한 길을 마련해 놓았습니다."

"흐음……. 소교주님, 어떻게 하시겠습니까?"

주태명이 결정권을 천서린에게 넘겼다.

그는 견초번의 말대로 한시라도 빨리 이동하는 것이 낫다고 생각하고 있었다.

하지만 천서린의 생각은 조금 다른 것 같았기 때문이었다.

역시나 천서린은 고심에 잠겼다.

아무리 떨쳐 내려 해도 소신의에 대한 미련이 자꾸만 솟아올랐다.

결국 그녀는 한참을 고민하다가 나직하게 말을 꺼냈다.

"조금만 더 기다렸다가……."

콰르르르!

콰가가!

갑자기 하늘이 무너지는 듯한 거대한 뇌성(雷聲)이 터져 나왔다.

"……!"

"무슨!"

당황한 모두가 소음이 들려온 곳으로 시선을 돌렸다.

허공이 어지럽게 뒤틀리고 있었다.

진법이 붕괴되고 있었다.

'설마 천진중이 습격을 해 온 것인가!'

천서린과 주태명이 침음을 흘리며 얼마 남지 않은 기운을 끌어 올렸다.

한데 이상하게도 전투를 준비하는 두 사람과 달리 견초번과 흑천검대는 게슴츠레하게 뜬 눈으로 서로의 눈치를 살필 뿐이었다.

그때 허공에 나타난 아지랑이 속에서 빛살과 같은 빠르기로 정체를 알 수 없는 인형(人形)이 불쑥 튀어나왔다.

파앗!

처척!

순간 모두의 시선이 의문의 침입자를 향했다.

"후우, 사막이라니……. 고새 멀리도 와 있었군."

소신의 유의태가 등장한 순간이었다.

7장

'……무슨?'

천서린은 아무렇지도 않게 툭툭 몸에 묻은 먼지를 털고 있는 소신의를 바라보았다.

순간 자신이 사막에서 종종 일어난다는 신기루를 겪고 있는 것으로 착각했으니까.

"침입자다!"

채챙!

채채챙!

하지만 견초번과 흑천검대의 무사들이 병장기를 꺼내 무장하는 것을 보고는, 눈앞의 존재가 허상이 아닌 진짜 유의 태임을 깨달았다.

그녀가 당장이라도 달려들려는 무사들을 가로막았다.

"멈추세요! 아군입니다!"

"……정말로 유 의원님이십니까?"

아군이라는 말에 견초번이 당황해하는 그때, 주태명이 얼떨떨한 목소리로 말을 건넸다.

그렇게 시선이 집중된 그때, 유신운은 어깨를 으쓱하며 대답했다.

"약속보다 조금 늦긴 했지만 이런 환대는 너무 과한데."

일순간 모두가 할 말을 잃었다.

그랬다.

놀랍게도 유신운은 절강에서 이곳 감숙의 사막까지, 거의 중원의 동서 끝과 끝을 한순간에 이동하는 데 성공한 것이었다.

이 모든 것을 가능하게 한 것은 다름 아닌 유신운이 새롭게 얻은 스킬인 '카오스 텔레포트'였다.

[카오스 텔레포트]

등급 : EX-

플레이어 외의 대상자에게 혼돈의 표식을 부여합니다. 그 후 스킬을 다시 시전하면 공간을 왜곡시켜 혼돈의 표식을 지닌 존재가 위치한 장소로 이동합니다.

-현재 부여 가능 표식 수 : 1

-스킬 재시전 시, 충분한 마력을 필요로 합니다.

카오스 텔레포트는 다른 존재에게 미리 혼돈의 표식을 부여하고, 이후 다시 시전하면 그 존재가 위치한 곳까지 유신운을 이동시키는 스킬이었다.

유신운이 천서린과 주태명을 먼저 보내고도 자신만만했던 이유는 천서린에게 미리 혼돈의 표식을 부여해 놓았기 때문이었다.

공간을 이동하는 듣도 보도 못한 술법에 모두가 어안이 벙벙하던 그때, 유신운은 다른 데에 정신이 팔린 상태였다.

'후, 뭐가 충분한 마력이냐. 아껴 놓았던 최상위 마력석 2개와 벨제붑을 해치우고 얻은 초월급 마나석이 품은 마나량의 절반이 날아가 버렸네.'

말도 안 되는 거리를 이동시키는 카오스 텔레포트는 그만큼 막대한 양의 마나를 소모했다.

유신운이 그렇게 진심으로 아까워하고 있던 찰나, 천서린이 성큼 다가왔다.

"감사합니다. 약조를 지켜 주셨군요."

"뭐, 온다고 했으니까."

"하, 하하. 저는 의원님을 믿고 있었습니다."

앞서 유신운에 대해 욕지거리를 내뱉었던 주태명은 어색한 미소를 지으며 말을 꺼내고 있었다.

그에 유신운이 고개를 갸웃하곤 아직 경계를 하고 있는 무사들에게로 시선을 돌렸다.

"이자들은?"

"아, 흑천검대와 사맥의 가주님이에요."

"사맥? 아…….."

순간, 견초번은 흑천검대의 대주와 은밀히 눈빛을 나누고 있었다.

그러다가 자신을 향해 시선이 쏠리자 언제 그랬냐는 듯 표정을 관리했다.

'흐음.'

그 작은 이상을 눈치챈 건 유신운이 유일했다.

하지만 유신운은 굳이 티내지 않고 돌아가는 상황을 조용히 지켜보기로 결정했다.

"교주님을 치료하기 위해 저희와 동행하여 주기로 한 유의태 의원님에요."

"……소신의!"

"뭐, 그렇게도 불리고 있지."

유신운의 정체를 알아차린 견초번은 다시금 크게 당황했다.

"……견초번이오."

유신운은 말없이 고개를 끄덕였다.

두 사람 사이에 긴장한 기류가 흐르고 있던 그때, 주태명이 탄성을 내뱉으며 말을 꺼냈다.

"아! 강대한 술법을 사용하느라 기력이 쇠하셨을 텐데, 유의원님이 이것으로 내기를 보하시면 되겠군요."

"이건?"

"마교 비전의 단환인 천마신단입니다."

천마신단.

유신운도 들어 본 적이 있는 이름이었다.

슬쩍 고개를 돌려 천서린도 단환을 손에 쥐고 있는 것을 확인한 유신운은 이내 건네받은 신단을 살피기 시작했다.

그러자 견초번의 눈동자가 바람 앞의 등불처럼 거세게 흔들렸다.

'……무언가 이상해.'

그 모습을 보며 이제 천서린 또한 심상치 않음을 느끼고 있었다.

그러던 그때, 유신운이 눈높이까지 신단을 들어 올리며 말을 꺼냈다.

"궁금한 게 있는데 말이지."

"예?"

"마교는 독단(毒丹)을 신단이라고 칭하나?"

"……그게 무슨?"

갑작스러운 유신운의 말에 의아해하던 것도 잠시, 숨은 의미를 이해한 주태명은 경악한 표정으로 견초번을 돌아보았다.

"견 가주, 자네 설마?"

"……."

견초번이 조용히 침묵을 지키자, 유신운이 말을 이어 갔다.

"이거 겉만 신단처럼 보일 뿐 안은 독단이잖아. 잘 숨겨 놓긴 했지만 지독한 산공에 장단의 성분까지……. 이거 먹고 운기행공을 하면 바로 칠공(七孔)에서 피를 토하며 죽겠는데?"

"무슨 헛소리냐!"

순간 견초번이 버럭 화를 질러 댔다.

하지만 싸늘해진 공기는 여전했다.

스아아!

좌아아!

주태명과 천서린이 유신운이 있는 곳으로 서서히 이동하며 자신의 기운을 끌어 올렸다.

일촉즉발의 상황이 펼쳐지던 그때, 견초번이 미간을 찌푸리며 말을 꺼냈다.

"우신장, 저런 돌팔이 의원 따위의 말을 듣고 지금 절 의심하는 겁니까?"

하지만 그의 말에도 주태명은 확고했다.

지난 경험들로 견초번보다 유신운이 더욱 믿을 만한 존재임이 증명됐기 때문이었다.

그때, 유신운이 비릿하게 한쪽 입꼬리를 말아 올리며 말을 이어 갔다.

"쉬운 방법이 있잖아."

툭.

그가 천마신단을 견초번의 발치에 던졌다.

"네가 먹고 독단이 아니란 걸 증명해 봐."

"……!"

견초번이 당황해하는 가운데, 북해의 한설처럼 싸늘해진 천서린과 주태명의 눈빛이 그를 향했다.

모래 위에 나뒹구는 신단을 나직이 바라보던 견초번은……

콰득!

"후우, 지난날의 인연을 생각해 고통 없이 보내 드리려 했건만……."

신단을 발로 무참히 짓밟아 버렸다.

이내 고개를 든 견초번의 눈에는 지독한 살기가 가득했다.

"……스스로 악수(惡手)를 택하시는군요."

처척!

처처척!

그와 동시에 흑천검대원 모두가 거대한 마기를 발산하며 진을 형성하였다.

"견 가주! 이게 무슨 짓인가!"

"우리는 교주님의 명을 따를 뿐이외다, 우 신장."

"……교주님의 명이라니, 그게 무슨?"

주태명이 당혹스러워하던 그때, 견초번이 전혀 생각지 못한 말을 꺼냈다.

"우리가 따르는 교주님은 천진중 님이시오."

"……!"

"흑천검대는 교주님의 명을 받들라!"

파바밧!

파밧!

부교주 천진중이 이미 천마신교의 교주의 자리에 올랐다는 충격적인 선포와 함께 견초번과 흑천검대가 그들에게 전광석화처럼 달려들었다.

"소교주님, 소신의님을 지켜 주십시오!"

타다닷!

그에 주태명은 천서린을 유신운의 곁에 두고 홀로 앞으로 돌격하였다.

스아아!

콰가가가!

그런 그의 전신에서 암녹색의 마기가 미친 듯이 휘몰아치기 시작하였다.

오로지 호교신장에게만 전해지는 절기인 북명신공(北冥神

功)의 기운이었다.

그런 찰나, 선두에 있던 흑천검대의 대원들이 주태명의 앞에 도착하였다.

"죽어랏!"

"타핫!"

우우웅!

쐐애액!

하나같이 마교의 비전 마공들을 쏟아 내는 그들 중 초절정을 넘지 않는 이가 없었다.

엄청난 무력이었다.

유일하게 무림맹과 사파련을 동시에 대적할 수 있는 단일 세력의 정예다웠다.

……하지만.

"감히 누구에게 칼을 들이미는 것이냐."

현경의 주태명에게 그런 그들조차 한낱 허수아비에 불과하였다.

순간 주태명은 한 명의 마인(魔人)으로 돌아갔다.

마교와 천마를 수호하는 단 두 명의 호교신장이 암녹색의 검환이 타오르고 있는 자신의 검을 적들에게 맹렬히 휘둘렀다.

멸라십이천검(滅羅十二天劍).

오의(奧義).

광세멸라(狂世滅羅).

꽈르르르!

콰가가가!

단 한 번의 검격이었지만 세상이 무너지는 것만 같은 거대한 폭음이 쩌렁쩌렁하게 터져 나왔다.

"……!"

"……!"

그와 동시에 팔방(八方)을 점하며 모든 퇴로를 차단했던 여덟 명의 흑천검대원들이 비명조차 내뱉지 못한 채, 폭풍과 같은 형세의 충격파에 휩쓸렸다.

투두둑!

후두두!

소나기와 같은 혈우(血雨)와 함께 갈가리 찢긴 고깃덩이들이 모래 바닥에 흩뿌려졌다.

잔챙이들을 해치운 주태명이 광기 어린 눈빛으로 다음 상대를 포착했다.

파바밧!

콰가가가!

그가 진각을 박차며 견초번과 흑천검대주에게 돌격했다.

사맥주(四脈主)인 견초번은 현경의 초입, 흑천검대주는 화경 최상급이었다.

기다렸다는 듯, 견초번과 흑천검대주 또한 주태명에게 검을 휘둘렀다.

콰가강!

콰르르르!

허공에서 세 개의 검이 동시에 맞부딪치자 거대한 뇌성(雷聲)이 고막을 찢을 듯이 쏟아졌다.

찰나의 순간, 수십의 검격이 서로 교차하였다.

2 대 1의 싸움으로 수적으로 불리했지만, 주태명은 경지와 무공의 차이로 조금이나마 유리하게 싸움을 이끌어 가고 있었다.

"견초번! 네놈이 날 제압할 수 있으리라 생각하나!"

"이길 수는 없겠지요! 하지만 이렇게 붙잡아 놓을 수는 있지 않습니까!"

"……!"

순간, 비릿한 미소를 짓는 견초번의 말에 주태명의 얼굴에 당황의 빛이 서렸다.

'당했다!'

그가 고개를 돌리자 방금 전까지만 하더라도 자신을 포위하고 있던 흑천검대원들이 모두 천서린에게 달려들고 있었다.

천서린은 새까맣게 달려드는 적을 확인하곤 이내 고개를

돌려 유신운의 상태를 살폈다.

'……그 정도의 술법을 사용하는데 제정상일 리가 없다. 내가 지켜드려야 해.'

그녀는 유신운이 현재 기력이 완전히 소진돼 싸울 수 없는 상황이라 판단하고 있었다.

그렇게 착각을 한 이유는 간단했다.

유신운의 전신에서 이전의 가공할 기운이 전혀 느껴지지 않았기 때문이었다.

그녀로서는 짐작할 수 없을 정도로 아득히 유신운의 경지가 높아지며, 기운의 수발과 조절이 완벽해진 탓에 생겨난 착각이었다.

"소신의님, 제가 시선을 끌겠습니다. 술법을 사용해 도망치십……."

"엄호해 줄 테니까 그냥 싸워."

"예?"

"아, 안 됩니다! 전력의 차이가 너무 납니다."

"알아, 그것도 해결해 줄 테니까 그냥 싸우라고."

당황해하는 그녀를 뒤로하고 유신운이 조화신기를 끌어올렸다.

스아아!

촤아아아!

"……!"

순식간에 유신운의 전신에서 뿜어진 기운이 공간 전체를 집어삼켰다.

'이, 이게 무슨?'

천서린을 인질로 잡을 것을 직감했던 견초번이 자신의 몸을 짓누르는 미지의 기운에 당혹감을 쏟아 냈다.

상황을 해결할 방법은 유신운에게 무수히 많았다.

'자, 그럼 개시를 해 볼까.'

그중에 이번에 택한 것은 두 가지였다.

그건 바로.

'도핑 앤 템발.'

스아아!

촤아아!

"흐읍!"

갑자기 천서린이 가쁜 신음을 내뱉었다.

정체를 알 수 없는 기운이 자신의 전신 곳곳을 찌르며 침투하고 있었다.

'이, 이게 무슨?'

[플레이어가 청낭 선의술, '생사금침'을 사용하였습니다.]

[한 시진 동안 대상자, '천서린'의 '천마신기'의 절대량이 대폭 증가합니다.]

[소모되는 진기의 회복량이 대폭 증가합니다.]

[모든 혈맥의 혈도가 최상의 상태로 회복되었습니다.]

유신운이 조화신기로 생성한 무형의 기침(氣針)을 천서린의 주요 혈도마다 박아 넣은 것이었다.

화아아!

콰가가가!

갑자기 용솟음치는 자신의 기운에 천서린이 당황하는 찰나.

유신운이 탁, 하며 자신의 손가락을 튀겼다.

우웅!

우우웅!

그러자 그 순간.

어지럽게 뒤틀리는 허공에서 '사막의 처형자'의 힘이 담긴 '혼마보패'가 제 모습을 드러내고 있었다.

사실 천서린은 고질적인 약점을 지니고 있었다.

오랫동안 앓았던 절맥의 후유증으로 인해 성취한 경지에 비해 지닌 내력이 매우 부족하다는 점이었다.

소신의가 절맥을 깨끗이 낫게 한 이후, 주태명이 틈틈이 벌모세수를 해 주며 기력을 회복시키고 있었지만, 역시나 한계가 있었다.

'……본신의 내력이 말도 안 되게 늘었어.'

하지만 소신의가 행한 대법의 영향으로 갑자기 본래 지닌 내기의 갑절, 아니 세갑절에 달할 정도로 기운이 늘어나자 그녀는 감동과 희열을 동시에 느끼고 있었다.

"여자는 산 채로 사로잡아야 한다!"

"의원 놈은 죽여라!"

그러던 그때, 흑천검대의 마인들이 살기를 쏟아 내며 달려들고 있었다.

'이 힘이라면 저들도 충분히 상대할 수 있어!'

그녀가 전신의 충만한 기운을 끌어올리며 앞으로 돌진하려던 그때였다.

우우웅!

우웅!

갑자기 그녀의 귓전에 알 수 없는 진동음이 울려 퍼졌다.

깜짝 놀라 소리가 들려온 곳으로 시선을 돌렸다.

'……이건?'

그러자 놀랍게도 그녀의 눈앞에 정체를 알 수 없는 검 한 자루가 허공에 둥둥 떠올라 있었다.

우우웅!

눈이 마주친 순간, 검이 예의 진동음을 다시 퍼뜨렸다.

폭풍과 같은 거대한 기운이 검을 감싸며 휘몰아치고 있

었다.

―알아, 그것도 해결해 줄 테니까 그냥 싸우라고.

'설마?'
그녀는 소신의가 꺼냈던 말이 떠올랐다.
쐐애액!
촤아아!
그런 찰나, 어느새 흑천검대의 마인들이 지근거리까지 들
이닥쳐 있었다.
수십의 칼날이 이미 온 방위를 점하는 일촉즉발의 상황에
서.
'그저 믿을 뿐.'
천서린이 소신의에 대한 믿음을 되새기며.
처척.
허공에 떠오른 검의 검파를 붙잡았다.
스아아!
천서린이 검을 집은 순간, 그녀의 기운과 검의 기운이 한
데 어우러지기 시작했다.
콰가가가!
콰아아!
그리고 곧이어 거대한 충격파가 흉포한 파도처럼 쏟아졌다.

"흐읍!"

"……!"

갑자기 자신들을 향해 날아드는 충격파에 흑천검대의 마인들이 당혹감을 숨기지 못했다.

한눈에 심상치 않은 파괴력이 서렸음을 느낀 그들은 급히 공격 대상을 천서린에게서 충격파로 선회하였다.

쐐애애액!

촤아아!

마기가 휘몰아치는 수십의 칼날과 충격파가 격돌하였다.

흑천검대의 마인들은 자신들의 공격이 당연히 충격파를 파훼하리라 생각했다.

하지만.

파스스스스!

촤라라라!

충격파가 갑자기 모래알처럼 흩어지며 사라졌다.

'이 무슨?'

'말도 안……!'

전혀 생각도 못한 상황에 그들은 자세가 무너지며 몸을 비틀거렸다.

그리고 발생한 그 빈틈 사이에.

우우웅!

우웅!

흩어졌던 모래알이 갑자기 수십의 칼날로 화하며 균형을 잃은 마인들을 덮쳤다.

'흐읍!'

'마, 막아야 해!'

사각을 노리며 쏟아지는 내기의 칼날에 마인들은 다급히 호신강기를 몸에 둘렀지만.

서거걱!

서걱!

"크아악!"

"커킉!"

뒤이어 울려 퍼지는 것은 섬뜩하기 그지없는 숱한 절삭음과 비명뿐이었다.

천서린이 펼쳐낸 사검강(沙劍罡)의 칼날이 적들의 단단한 호신강기를 모조리 꿰뚫어 내고 있었다.

천서린의 내기와 유신운의 소환수, 아누비스의 힘이 깃든 혼마보패 '생사사곡도(生死沙曲刀)'의 힘이 합쳐진 결과였다.

"적이 보패를 사용한다!"

"모두 뒤로 물러나라!"

방심하고 있다가 큰 피해를 입은 흑천검대의 마인들은 천서린이 보패를 사용한다고 상황을 판단하고는 다급히 뒤로 물러났다.

하지만 이미 반절에 가까운 마인들의 목과 몸이 양분되어 바닥에 널브러져 있었다.

스르릉!

촤아아!

살아남은 흑천검대의 무사들이 기운을 최대한으로 끌어올리며 반격을 준비하고 있었지만.

천서린은 그런 그들을 조금도 신경 쓰지 않고 있었다.

'그래, 너는 모래를 다룰 수 있구나.'

그녀는 너무도 여유가 넘치는 모습으로 자신의 마검(魔劍)에 깃든 존재와 교감을 나누고 있었다.

그 모습을 지켜보는 유신운의 눈에 이채가 떠올랐다.

'흐음, 제법인데?'

본래 이 세계의 무림인은 요괴와 같은 이질적인 존재에 대한 거부감이 극도로 심했다.

하지만 천서린은 처음 맞닥뜨린 아누비스에도 놀라지 않고 녀석의 힘도 너무나 자연스럽게 받아들이고 있었다.

'저 정도라면 다음번에는 8재앙의 힘을 빌려주어도 충분히 다루겠군.'

유신운은 간이 아공간에 잠들어 있는 격이 다른 혼마보패 중 하나의 주인을 찾은 것 같았다.

투다다다!

타닷!

그때, 합격진인 흑천검진(黑天劍陣)을 펼친 마인들이 경공을 펼치며 쏜살같은 빠르기로 천서린에게 달려들었다.

이전과는 비교도 할 수 없이 강대한 힘을 내뿜는 적들에도.

천서린은 나직히 그들을 바라보며…….

"마음껏 날뛰어 보렴."

아누비스의 힘을 완전히 해방하였다.

스아아아!

촤르르르!

지면의 모래들이 미친 듯이 진동하기 시작하였다.

이곳은 아누비스의 힘을 사용하기에 최적화된 공간이었다.

파바밧!

콰르르!

천서린이 전광석화처럼 앞으로 돌격하자, 거대한 모래폭풍이 그녀의 전신을 휘감았다.

내기를 폭발시키며 날아든 천서린은 내리꽂히는 유성같이 쾌속했다.

"흐읍!"

가장 선두에 있던 흑천검대의 마인이 신음을 흘렸다.

잠깐 움직임을 놓친 찰나, 천서린이 코앞에 나타났기 때문이었다.

쐐애액!

당황한 것도 잠시 마인은 모래폭풍을 휘감고 있는 천서린에게 자신의 검을 맹렬히 휘둘렀다.

서거걱!

콰직!

"끄, 극!"

하지만 다음 순간.

정작 신음을 흘린 인물은 공격을 뻗어낸 마인 쪽이었다.

천서린의 몸을 휘감고 있는 모래폭풍은 호신강기처럼 그의 공격을 막아 냈다.

게다가 거기서 멈추지 않고 뻗어 낸 마인의 검과 손을 짓이기며 곤죽으로 만들었다.

"크아아!"

"아, 안 돼!"

순식간에 팔을 잃은 흑천검대의 마인이 극심한 격통에 진열에서 벗어났다.

우우웅!

스라라라!

그리고 그렇게 전열에 균열이 생겨난 순간을 천서린은 놓치지 않았다.

천서린이 검을 높이 들어 올렸다.

스아아아!

콰가가!

모래폭풍의 모래알이 회전을 멈추고 결집하며 초승달의 모양을 갖추기 시작했다.

셋, 다섯, 일곱.

생성되는 초승달의 숫자는 멈추지 않고 끝없이 늘어갔다.

'이, 이건 안 된다.'

'……막아 내야 해!'

흑천검대의 마인들은 하늘을 뒤덮는 무수한 초승달들을 목도하했다.

이들은 생전 처음으로 죽음의 공포를 느끼고 있었다.

그들이 공격 일변도였던 검진의 태세를 변경하며 방어에 모든 힘을 쏟아 넣었다.

하지만 그것도 잠시 발빠르게 움직이던 그들은 이내 이상을 감지하였다.

'뭐, 뭐야?'

'검진이 왜……?'

무슨 이유에선가 흑천검진이 제대로 발휘되지 않고 있었던 것이다.

이상의 원인은 당연하게도 천서린이 발동한 아누비스의 권능에 있었다.

오시리스의 심판.

시전자의 주위에 존재하는 모든 이들의 힘을 강제로 흡수하는 능력이 발현되며, 마인들의 모든 기운을 먹어치우고 있기 때문이었다.

스아아아!

콰가가가가!

그들이 당혹스러워하며 우왕좌왕하던 그때, 하늘을 뒤덮은 초승달들이 차례로 낙하했다.

'아, 안 돼!'

"끄아아!"

쏟아지는 유성우를 바라보며 흑천검대의 마인들이 비참한 비명을 내질렀다.

그리고 마침내.

콰르르르르릉!

콰가가가!

하늘이 무너지는 것과 같은 거대한 폭음이 전장을 강타했다.

피어오른 모래먼지가 서서히 흩어지고.

짙은 피비린내와 함께 난자된 흑천검대 마인들의 시체가 사방에 흐트러져 있었다.

초승달의 사검강들이 난무한 결과, 흑천검대의 생존자는 단 한 명도 존재하지 않았다.

"……저게 무슨?"

그 충격적인 결과에 주태명과 대치하고 있던 견초번과 흑천검대주는 믿을 수 없다는 듯, 무거운 침음을 흘렸다.

'소교주님!'

주태명 또한 천서린이 보이고 있는 신위에 놀란 것은 마찬가지였다.

스으으!

처척!

"뭘 그렇게 놀라고 있어?"

"……!"

그런 찰나, 유신운이 한 걸음만에 세 사람의 곁으로 다가와 있었다.

섬전과 같은 빠르기에 두 눈만 커다랗게 키우는 견초번과 흑천검대주에게 유신운이 권각을 퍼부었다.

퍼퍽!

콰앙!

"크억!"

"컥!"

모래주머니가 터지는 소리와 함께 두 사람이 날아가 모래 바닥을 뒹굴었다.

"자, 아저씨 차례야."

어안이 벙벙해져 있는 주태명에게 유신운이 손을 뻗었다.

조화신기로 생성한 무형의 기침이 천서린과 마찬가지로 주태명의 전신에도 파고들고 있었다.

"쿨럭!"

견초번이 내장 조각이 섞인 검붉은 피를 모래 바닥에 쏟아 냈다.

피묻은 모래 옆에는 사지가 찢겨 몸뚱이와 머리만 남은 흑천검대주의 참혹한 시체가 나뒹굴고 있었다.

입가의 핏기를 닦아내며 견초번이 몸을 일으키려 했지만.

털썩.

비틀거리던 몸은 힘을 잃고 바닥에 쓰러졌다.

'……끝났나.'

단전의 남은 마기를 끌어 올려 보았지만.

전신 어느 곳에도 힘이 하나도 들어가지 않았다.

파밧!

푹! 푸푹!

그때, 한 줄기의 선풍과 같은 움직임으로 날아든 누군가가 그의 마혈을 점했다.

완전히 움직임이 봉쇄된 그는 절망이 깃든 눈빛으로 적과 눈을 마주쳤다.

'……도대체 네놈은 누구더냐.'

그의 눈에 얼음장처럼 차가운 분위기를 풍기고 있는 소신의가 들어왔다.

그는 도대체 이해가 가지 않았다.

우신장을 제압하기 위해 마교 본단의 가장 강력한 무력대를 이끌고 왔다.

게다가 출발에 앞서 한계를 돌파할 수 있게끔 천마신단까지 섭취를 마치고 오지 않았던가.

본래의 계획과 달라진 부분이라고는 단 하나.

눈앞의 소신의 저자 하나뿐이었다.

−소신의, 귀면랑, 유신운. 미쳐 날뛰고 있지만 자세히 살펴보면 셋 모두 무림초출의 애송이들에 불과하다. 신교가 주의해야 하는 것은 단 하나! 그들의 뒤에 있는 실질적 주인인 흑명왕뿐이다.

순간, 견초번은 본단을 떠나며 천진중이 꺼냈던 말이 떠올랐다.

견초번은 두 눈을 질끈 감았다.

'교주……. 그대는 완전히 잘못 짚었소이다.'

그리고 속으로 절망을 휩싸였다.

그의 머릿속에서 화마에 휩싸인 마교의 모습이 떠오르고 있었다.

"……도대체 왜 이런 선택을 한 것인가, 견 가주."

그러던 그때, 그의 귓전에 주태명의 목소리가 들려왔다.

견초번이 눈을 뜨자 주태명은 슬픔이 가득 담긴 눈빛으로 그를 바라보고 있었다.

"⋯⋯앞서 말했다시피 나는 교주님의 명을 따랐을 뿐이오."

"자네와 내가 따르던 교주님은 한 분뿐이지 않은가."

주태명의 말에 견초번은 잠시 아무런 대답도 하지 못했다.

견초번은 천진중을 진심으로 따르는 것이 아니었기 때문이었다.

주태명의 말처럼 그에게 천마신교의 교주는 단 한 사람뿐이었다.

"⋯⋯조금만 더 서두르지 그러셨소, 우신장."

그때, 견초번이 원망과 서글픔이 가득 담긴 목소리로 말을 꺼냈다.

주태명은 아무런 말도 하지 못했고 견초번은 말을 이어 갔다.

"⋯⋯쿨럭, 우신장. 부교주는 이미 사맥을 포함한 마교 전체를 장악하는 데에 성공하였소."

"견 가주, 대체 무슨 소리를 하는 겐가? 교주님이 살아 계시거늘, 어찌 부교주가 사맥을 모두 장악한단 말인⋯⋯!"

말을 내뱉은 주태명의 표정이 확 굳어졌다.

그의 머릿속에 결코 믿고 싶지 않은 한 가지 가정이 떠오르고 있었다.

'설마……!'

천서린의 눈동자 또한 지진이라도 난 듯이 흔들리던 그때.

"……우신장, 교주님은 이미 돌아가셨소."

견초번의 입에서 상상도 못한 사실이 쏟아졌다.

"아아."

그때, 두 눈에 절망이 떠오른 천서린이 탄식과 함께 허물어지듯 바닥에 털썩 주저앉았다.

안색이 완전히 창백해진 그녀를 바라보는 견초번의 눈빛 속에 연민의 감정이 떠올랐다.

말을 뱉은 그조차 평생을 따르던 주군의 죽음은 아직도 믿기지도 않고 부정하고만 싶은 부분이었다.

"갈! 헛소리하지 마라!"

콰르르르!

그러던 그때, 뒤늦게 정신을 차린 주태명이 거대한 분노를 토해 냈다.

참을 수 없는 격노로 그의 전신에서 가공할 마기가 쏟아지고 있었다.

"쿨릭!"

육신을 짓이겨 버리려는 듯, 흉포하게 쏟아지는 마기의 압박에 주태명이 또 한 번 피를 한 움큼 쏟아 내었다.

그 혼란한 상황 속에서 오로지 유신운만이 평온을 유지하고 있었다.

또 다른 생애에서 분명히 2년 후에나 벌어졌을 천마의 죽음이 왜 앞당겨졌는지.

강자존의 법칙이 확고히 자리한 마교에서 독살의 흔적이 조금이라도 나온다면 결코 교주의 위에 오를 수 없을 텐데, 부교주 천진중이 왜 이리 성급한 결단을 내린 것인지.

천마의 완치를 통해 쉽게 얻을 수 있으리라 생각했던 마교의 동맹을 이제 어떻게 해결해야 할지.

무섭도록 차갑게 식은 눈동자 속에서 수많은 생각이 교차하고 있었다.

"큭!"

순간 주태명이 지독한 살기를 쏟아 내며 견초번의 목을 한 손으로 부여잡고 들어 올렸다.

"당장 거짓이라 고하거라! 우리가 신교를 떠남과 동시에 교주님께서는 그 누구도 침범할 수 없는 신마동(神魔洞)에 스스로 들어가셨다. 그 철벽의 비동에 계신 교주님의 안위에 어찌 변고가 생길 수 있단 말이더냐!"

신마동은 오로지 당대의 천마만이 사용할 수 있는 비동으로, 신교 전체가 무너질지언정 신마동은 흔들리지 않는다는 격언이 있을 정도로 이제는 맥조차 끊긴 고대의 흉험한 기관

진식과 술법이 결합된 곳이었다.

비동 자체를 폭파시키거나 병력을 쏟아부어 모든 기관진식을 초토화하지 않는 이상 절대 침범을 할 수 없었다.

견초번은 주태명을 서글픈 눈으로 바라보며 말을 이어 갔다.

"……분명히 신마동은 문은 스스로 열렸소. 그리고 주군의 죽음은 분명……히 독……살이 아니…….."

하지만 부상이 심각했던 탓에 결국 견초번은 제 말을 완전히 끝마치지 못하고 절명하고 말았다.

"놈! 안 된다! 끝까지 말하거라!"

주태명은 이미 숨이 끊어져 축 늘어진 견초번의 시신을 거칠게 흔들었다.

하지만 아무리 시간이 흘러도 견초번의 숨은 돌아오지 않았다.

그때 절망하던 천서린이 다급히 주태명에게 다가가며 말을 꺼냈다.

"……이대로 있을 때가 아니에요. 당장 돌아가야 해요."

"맞습니다, 소교주! 지금 당장 교로……!"

항시 냉철함을 유지하던 그녀의 모습은 온데간데없었다.

주태명 또한 그녀를 말리려는 생각조차 않고 동조하며 성급히 움직이려 하고 있었다.

"거기까지."

그런 그들을 가로막은 것은 다름 아닌 유신운이었다.

유신운에게 주태명의 미쳐 날뛰는 마기가 휘몰아쳤다.

물론 주태명이 의도한 것은 아니었다.

마공의 특성상 한번 폭주하면 그 누구도 멈출 수 없기 때문이었다.

평범한 무인이라면 몸 안의 내기가 진탕될 만한 강렬하고 지독한 마기였다.

스아아.

하지만 그렇게 흉포하기 짝이 없는 주태명의 마기를 유신운의 조화신기가 감싸기 시작했다.

끓어오른 살심과 마기 때문에 혈안(血眼)에 가까웠던 주태명의 눈이 서서히 정상의 빛으로 돌아오기 시작했다.

'이건……!'

곧이어 완전히 평정심을 되찾은 주태명은 이내 작게 탄성을 내뱉으며 유신운을 바라보았다.

단 한 수로 마공을 진정시키는 소신의의 경이로운 경지에 감탄을 표한 것이었다.

하지만 그것도 잠시, 주태명은 곧 자신을 막는 유신운에게 의문을 표하였다.

"소신의, 왜 우리를 막아서는 것이오."

"제 발로 적들이 펼쳐 놓은 함정으로 들어가겠다니 말릴 수밖에."

"……설령 부교주의 계략이라 할지라도 우린 돌아가야 해요."

대답을 한 것은 주태명이 아닌 천서린이었다.

두 사람의 눈빛이 허공에서 교차했다.

"상황이 상황이니 마음은 이해하지만, 놈의 말의 진의는 파악하고 돌아가도 늦지 않아."

"하지만 이미 견초번은 숨을 거뒀는데 해결할 방법이 없지 않습……."

"방법은 있다."

"……!"

유신운의 생각지 않은 발언에 천서린과 주태명 두 사람의 눈이 터질 듯 커다랗게 변하였다.

"……그게 무슨?"

"단, 날 믿고 너희의 목숨을 걸어야 한다."

스아아아.

유신운의 말이 끝남과 동시에 전신에서 조화신기가 요동치기 시작했다.

조화신기는 바닥에 허물어진 견초번의 몸을 파고들기 시작하였다.

촤아아.

보는 이의 마음을 어지럽히는 흉흉한 암광(暗光)이 터져 나왔다.

두 사람은 소신의의 새로운 술법이 발휘되려는 것임을 본
능적으로 깨달았다.

'……말도 안 돼. 소신의의 술법이 골용(骨龍)을 비롯한 명
계의 존재들을 다루는 것뿐 아니라, 사자(死者)의 목소리를
듣는 것까지 도달했단 말인가.'

그들은 경악할 따름이었다.

죽은 자의 목소리를 듣는 방법이 있다니. 어찌 놀라지 않
을 수 있겠는가.

'도대체 이자의 힘의 끝은 어디란 말인가…….'

주태명과 천서린은 마음속에 같은 질문을 품은 채, 유신운
을 넋 놓고 바라보았다.

"가능하다면 시작하지."

하지만 정작 유신운은 그런 그들의 반응을 조금도 신경 쓰
지 않으며 냉철하기 그지없는 목소리로 말을 이어 갔다.

잠시간 침묵이 이어지던 그때.

"전 하겠어요."

"소교주……!"

먼저 말을 꺼낸 것은 천서린이었다.

어느새 그녀는 소신의에 대한 믿음이 확고했다.

그녀가 직접 보고 느낀 그는 이런 순간에 그들을 속일 존
재가 아니었다.

"……나도 행하겠소."

곧이어 주태명 마저 결론을 내렸다.

그렇게 결심을 한 두 사람이 자신의 곁으로 다가서자, 유신운은 말없이 양손을 뻗었다.

긴장한 기색이 역력한 두 사람이 그 손을 잡았다.

그리고 그 순간.

우우웅!

좌아아!

어느새 공간을 가득 메운 암광이 거대하게 파도치기 시작하며.

'판도라의 상자(Pandora's box).'

유신운이 새로이 얻은 EX급 스킬 '판도라의 상자'가 시전되었다.

좌라라라!

암광이 격류가 되어 휘몰아치더니 곧 소용돌이의 형상으로 바뀌었다.

'흐읍!'

'허억!'

자신의 모든 것이 암광의 소용돌이 속으로 빨려 들어가는 것이 느껴지자, 천서린과 주태명이 침음을 흘렸다.

하지만 그렇게 시야의 모든 것이 암전하는 가운데 각자 눈을 깜빡이자……

'이곳은……!'

'이게 무슨?'

그들의 눈앞에는 너무도 익숙한 공간이 펼쳐져 있었다.

'신교!'

그랬다.

그들은 찰나의 순간 만에 천마신교의 본단, 그것도 천마가 기거하는 본궁(本宮)에 도착하여 있었다.

'어, 어엇?'

그들이 얼떨떨해하는 찰나, 갑자기 그들의 몸이 자기도 모르게 움직이기 시작했다.

그들은 당혹스러워하며 당장 몸을 숨기려 했지만, 마치 제 몸이 아닌 것처럼 어떠한 행동도 할 수 없었다.

그때 본궁의 정문 앞에서 보초를 서던 경비 무사들이 그들을 확인하고는 예를 갖추었다.

─맥주(脈土)님을 뵙습니다!

'……!'

그제야 그들은 지금이 어떤 상황인지 정확히 알아차릴 수 있었다.

'신교로 온 것이 아니야!'

'……이건 견 맥주의 기억이다!'

그들은 견초번의 기억 속으로 들어온 것이었다.

판도라의 상자.

자의로 희생한 두 영혼을 매개체로 시전자가 원하는 망자의 과거의 편린을 볼 수 있게 해주는 스킬이었다.

　본래 지속 시간 동안 매개체가 된 영혼이 지속적으로 손상을 입기에 희생자들은 폐인이 되기에 십상이지만, 유신운이 손상을 조화신기로 최대한 막아 주고 있었다.

　그렇게 그들이 허둥지둥하는 찰나.

　유신운은 침착한 태도로 주변의 모든 것을 듣고, 보고, 느끼며 수많은 정보를 수집하고 있었다.

　─이리 갑작스러운 회동이라니. 대체 부교주님은 무슨 생각이신지 모르겠군.

　─그러게 말이야. 사맥주님들뿐 아니라 태상장로님과 좌신장님까지도 입궁해 있지 않은가.

　─후, 이리 상황이 급박하거늘 비동에 들어가신 교주님은 언제쯤 나오시려는지.

　천진중이 마교의 수뇌부를 모두 한자리에 모은 것 같았다.

　그리고 주태명의 연락을 받은 후, 심경이 복잡해진 채로 견초번은 본궁 안으로 들어서고 있었다.

　─견가주님이 도착하셨습니다.

경비 무사의 말과 함께 문이 활짝 열렸다.

그러자 주변의 모습이 한눈에 들어왔다.

'모두 모여 있군.'

아무래도 견초번이 마지막으로 도착한 모양이었다.

우선 우측에는 신교사맥의 사맥주(四脈主).

즉 손가의 현음마존(玄陰魔尊) 손장천(孫長天).

곡가의 혈패수사(血覇秀士) 곡철진(谷哲辰).

남가의 오행마군(五行魔君) 남호부(南護夫)가 자리했으며.

좌측에는 장로원을 이끄는 태상장로 구유마존(九幽魔尊) 양원패(楊元覇)와 일곱 장로들이 서릿발 같은 기세를 내뿜고 있었다.

모두의 이목이 집중된 순간, 견초번이 한 사내를 향해 고개를 숙여 예를 갖추었다.

—……부교주님을 뵙습니다.

—어서 오시게.

중앙에 자리하고 있는 부교주 천진중이었다.

그의 사특하기 그지없는 눈빛이 견초번을 훑고 있었다.

—그럼 이제 모두 온 것 같군.

—예, 좌신장. 견 가주님께서도 오셨으니 이제 진행해도

되겠군요.

천진중의 왼팔과 오른팔이라 할 수 있는 총군사 독심마불(毒心魔佛)과 좌신장 유령신군(幽靈神君) 호괴승(胡魁陞)이 서로 대화를 나누었다.

－그래, 왜 우리를 이렇게 모두 소집한 것인지 들어나 봅시다. 부교주.

견초번이 비어 있는 자신의 자리에 걸어가 앉자 태상장로 양원패가 천진중을 노려보며 말을 꺼냈다.

그는 몇 해 전까지만 하더라도 천진중과 부교주의 지위를 놓고 권력 싸움을 했던 탓에 원수나 마찬가지인 사이였다.

무슨 주제를 가져오더라도 잘근잘근 씹어 주겠다는 의도가 명백히 보이고 있었다.

하지만 평소 같았으면 대놓고 살기를 드러냈을 천진중은 알 수 없는 미묘한 표정으로 그를 바라볼 뿐이었다.

－여러분들을 이리 모은 것은 한시라도 빨리 알려 드려야 할 급박한 사안이 있기 때문입니다.

독심마불이 말을 꺼내자 바깥에서 준비하고 있던 일련의

무사들이 무언가를 들고 방 안으로 들어섰다.

　－……저건?
　－관(棺)?

그건 다름 아닌 한 짝의 관이었다.
　사람들은 영문을 몰라 모두 고개를 갸웃거렸지만 오로지
우신장을 통해 천마가 위독하다는 사실을 알고 있는 견초번
의 안색만이 창백하게 변하고 있었다.

　－그사이 새로운 강시라도 탄생시키신 게요? 부교주?

양원패는 비릿한 미소를 지으며 말을 꺼냈다.
　그러고는 자리에서 벌떡 일어나 관으로 터벅터벅 걸어갔다.
　허공섭물로 가볍게 관 뚜껑을 들어 올려 옆으로 내팽개친
그는 관의 안을 확인하였다.

　－……!

그리고 안에 잠들어 있는 존재를 확인하고는 경악하였다.

　－……이, 이게 무슨?

양원패의 반응을 본 다른 이들도 사태의 심각함을 눈치챘다.

-아무래도 모두 직접 확인하시는 편이 좋을 것 같군요.

독심마불의 말에 다른 이들도 관을 확인하기 위해 움직였다.

-흐읍!
-헉!

모두가 경악한 반응을 토해 냈다.
그리고 마지막으로 견초번이 힘없이 걸어가 관의 안을 확인하였다.
'……말도 안 돼.'
'……이럴 수가.'
견초번의 시야로 동시에 확인한 천서린과 주태명이 신음을 흘렸다.

-교, 교주님.

관 안에는 분명히 천마의 시체가 자리하고 있었다.

핏기가 하나도 없이 창백하게 질린 얼굴과 전혀 뛰지 않고 완전히 멈춘 심장.

천마는 분명히 죽음을 맞이하여 있었다.

혼란하기 그지없는 상황 속.

믿을 수 없다며 울부짖는 자들과 차분히 머리를 굴리며 자신에게 더 이득이 될 결정을 마무리하는 자들이 교차하고 있었다.

—어젯밤, 좌신장께서 신마동의 입구에서 영면하신 교주님을 발견하였습니다.

독심마불이 말을 꺼냈지만 어떤 누구도 대답하지 않았다.

좌중에 무거운 침묵만이 감돌고 있는 가운데, 모든 이들이 천진중의 눈치만 슬슬 살피고 있었다.

조금 전까지만 하더라도 자신만만했던 양원패조차도 마찬가지였다.

그러나 어쩔 수 없는 일이었다.

부교주와의 관계가 최악으로 치달아 있던 천마는 대놓고 양원패를 지원해 주고 있었기 때문이었다.

하지만 이렇게 예상에도 없이 천마가 죽음을 맞이하게 된다면.

차기 천마의 자리에 누가 오르게 될지는 불 보듯 뻔한 일이었다.

양원패의 낯빛이 새까맣게 변해 가는 것을 바라보며 천진 중이 살기 어린 눈빛을 번뜩이고 있었다.

그리고 마교에서 권력 투쟁에서 패배한 자는 오로지 죽음 만이 기다리고 있을 뿐이었다.

─……마선(魔仙)의 경지를 바라보셨던 분께서 어찌 이리 갑작스레 돌아가신단 말입니까.

─흐음, 저희에게조차 숨기고 계셨지만 긴 와병(臥病) 중이 셨던 것 같더군요.

독심마불이 병사(病死)라는 말을 꺼내자, 사맥주들이 침음 을 흘리다가 이내 수긍했다는 듯 제 고개를 끄덕였다.

직접 시체를 살펴본바 독살(毒殺)의 흔적은 전혀 없었고 오 랜 병환으로 인해 쇠약해질 대로 쇠약해진 장기의 상태만 확 인할 수 있었기 때문이었다.

그러던 그때 천진중이 좌신장 호괴승에게 눈빛을 보냈다.

호괴승이 기다렸다는 듯 모두의 앞으로 나섰다.

스아아!

그의 전신에서 가공할 마기가 뿜어져 나오기 시작했다.

충격에 휩싸여 있는 모두가 깜짝 놀라 좌신장을 바라보았 다.

순간 호괴승이 진기를 가득 실은 채 목소리를 드높였다.

─신교가 중원진출의 대업을 이룩하고 있는 이리 중요한

상황에서 교주님의 죽음이 알려지게 되면 분명히 악적들이 기회를 놓치지 않고 우리를 막아설 것이다!

호괴승의 말에 사맥주들과 장로들의 표정이 바뀌었다.

사파련이 무너지고 무림맹이 분열된 혼란한 정국 속에서, 마교는 곤륜이 막고 있는 청해성을 함락 직전까지 몰아간 상태였다.

하나 이런 상황에서 천마의 죽음이 알려지면, 마교인이라면 항상 꿈꿔 온 대업인 중원 진출이 무산될 위험이 존재했다.

그런 그들의 걱정 어린 표정을 바라보며 호괴승이 본론을 꺼내 놓았다.

-신교의 혼란을 막고 전대 교주님의 마지막 의지를 성공시키기 위해 한시라도 빨리 차기 교주의 승계를 서둘러야 한다!

호괴승은 대놓고 천마를 '전대(前代)' 교주라고 말을 꺼내고 있었다.

그러던 그때, 천진중의 의지를 알아차린 견초번을 제외한 사맥주들이 먼저 한쪽 무릎을 꿇으며 예를 갖추었다.

-신교천세!

-새로운 교주님을 뵙습니다!

그러자 뒤늦게 장로들 또한 예를 갖추며 천진중에게 머리를 조아렸다.

지금 예를 갖추고 있지 않은 자는 오로지 견초번과 양원패뿐이었다.

그러던 그때 천진중이 자리에서 일어나 터벅터벅 양원패에게 다가갔다.

그렇게 일 보 앞까지 당도한 천진중은 서늘하기 기세로 말을 꺼냈다.

─태상장로의 뜻은 어떠한가?

허공에서 두 사람의 눈빛이 교차했다.

양원패는 찰나의 순간 머릿속으로 수십 차례 칼을 뽑을까 고민했다.

하지만 그것도 잠시, 자신의 전신을 조여 오는 천진중의 강대한 마기에 무위의 격차를 알아차리곤 짧은 신음을 흘렸다.

그리고 결국.

─……교주님을 뵈옵니다.

그 또한 예를 갖추며 천진중에게 패배를 인정하고 말았다.

천진중은 제 입꼬리를 말아 올렸다.

─오늘로부터 칠주야(일주일)가 지난 후, 전대 천마의 장례를 치른다. 그리고 장례가 끝나는 대로 취임식을 거행하겠다.

본래 마교는 당대의 천마가 영면하면 오랜 기간을 거쳐 준비한 후 성대한 장례를 치르는 것이 관례였다.

그리고 후임 교주의 취임식 또한 전대 천마에게 예를 갖추기 위해 장례가 끝나고 석 달 뒤에나 치러졌다.

하지만 천진중은 단 이레 만에 모든 것을 속전속결로 끝낸다고 선포하였다.

─……존명!

그러나 어느 누구도 그런 천진중에게 불만의 말을 꺼내지 못했다.

'아아!'

'정말로 마교가 천진중의 손에 넘어갔구나.'

그 모습에 천서린과 주태명이 참담함을 느끼며 탄식을 내뱉었다.

천진중이 마교를 완벽히 장악했음을 제대로 실감할 수 있었기 때문이었다.

한데 그때였다.

우우웅!

우웅!

갑자기 거대한 진동음과 함께 눈부신 광채가 일렁이기 시작하였다.

갑작스러운 사태에 천서린과 주태명은 당황을 숨기지 못했다.

하지만 천진중을 포함한 좌중의 인물들은 어떠한 이상도 감지하지 못한 채 그대로 행동을 이어 가고 있었다.

그것이 의미하는 바는 하나였다.

이 순간 소신의의 또 다른 힘이 발휘되고 있다는 뜻이리라.

'역시 그렇군.'

찬란하게 빛나는 광채를 바라보며 유신운은 자신의 추측이 증명되었음을 깨달았다.

그리고 그 추측이란 다름 아닌…….

'천마는 죽지 않았어.'

천마 천비광이 아직 죽음을 맞이하지 않았다는 사실이었다.

견초번을 포함한 모두는 천마의 시체에서 아무런 이상도 느끼지 못했지만 유신운은 달랐다.

'무언가 이상해.'

그는 시체를 처음 본 순간부터 이상을 깨달았다.

일단 육신의 부패가 전혀 진행되고 있지 않았다.

아무리 뛰어난 고수라도 죽음을 맞이하면 당연히 살점이 썩어 들어가기 마련이었다.

하지만 그것보다 유신운의 기감을 집중시킨 부분은 다른 것에 있었다.

'혼이 사라져 있어.'

그건 바로 텅 빈 인형처럼 천마의 시체에 혼(魂)이 남아 있지 않다는 점이었다.

오로지 지고의 경지에 달한 사령술사인 유신운만이 알아

차릴 수 있는 부분이었다.

'누군가 미지의 대법으로 천마의 혼을 분리했어. 그러고는 혼을 잃어 겉으로 죽음을 맞이한 것 같은 천마의 육신을 가져와 이들을 속인 거야.'

그 누군가가 누구인지는 너무나 알기 쉬웠다.

바로 부교주 천진중일 것이었다.

혼이 사라진 상태라는 사실을 깨달은 유신운은 곧장 천마의 시신에 사령술을 발휘하기 시작했다.

그리고 지금 주변을 가득 뒤덮은 광채가 바로 현재 혼이 자리한 장소를 비추는 스킬이 진행되고 있다는 증거였다.

그러던 그때 광채 속에서 안개가 낀 듯 흐릿한 잔영이 보이기 시작하였다.

자욱한 안개 때문에 자세한 모습은 전혀 보이지 않았지만.

-……말코, ……죽여라!
-무량……. ……구하러, ……하시오.

두 개의 인형(人形)이 괴이한 형체의 존재들과 격한 전투를 벌이고 있는 것을 확인할 수 있었다.

'교, 교주님!'

'아버님!'

끊기기는 하였지만 선명한 천마 천비광의 목소리를 들은

천서린과 주태명이 탄성을 내질렀다.

천마가 죽었다고 생각하고 있던 그들은 전혀 생각지 않았던 의외의 상황에 경악하고 있었다.

하지만 그들과 달리 유신운은 얼음장처럼 차가운 눈빛으로 천마와 의문의 존재가 아닌 전투를 치르고 있는 괴이(怪異)들을 살피고 있었다.

안개 속 흐릿한 윤곽만으로도 분명히 본 적이 있다는 것을 알아차릴 수 있었다.

'동창 제독이 부리던 지옥계의 옥졸들이다. 천마의 혼은…… 지금 강제로 지옥계에 보내져 있는 거야.'

그리고 그 순간.

유신운은 이 사태가 벌어진 모든 원인을 알아차릴 수 있었다.

'천진중이 혈교와 거래를 한 거야.'

전생과 달리 천진중은 천마를 해치우기 위해 혈교와 손을 잡았다는 사실을 말이다.

후우우.

깊은 잠에서 깨어나듯 천서린과 주태명이 서서히 눈을 떴다.

다시금 사막의 모습이 펼쳐지며 자신들의 곁에서 침묵을 지키고 있는 소신의의 모습을 확인할 수 있었다.

죽은 자의 기억을 살피다니, 이런 일이 가능할 줄이야.

소신의를 바라보는 두 사람의 눈에 경외의 감정이 실렸다.

하지만 그것도 잠시뿐이었다.

정신을 차린 그들은 곧장 유신운을 향해 다급히 말을 건넸다.

"마지막 모습은 어떻게 된 건가요?"

"정말 교주님은 살아 계신 겁니까?"

그러자 유신운은 이내 고개를 끄덕이며 말을 꺼냈다.

"그래, 천마는 아직 살아 있다. 혼백이 유배된 곳을 찾아 혼을 되돌린다면 다시금 눈을 뜰 거다."

"아아!"

"역시!"

천서린과 주태명이 탄성을 내질렀다.

하지만 기뻐하기에는 이르다는 듯, 유신운이 말을 이어 갔다.

"하지만 안도하기에는 이르다."

"예?"

"그게 무슨?"

"혼을 되찾더라도 육신이 사라진다면 생환할 수 없다."

"······!"

천서린과 주태명은 동시에 눈을 커다랗게 떴다.

유신운의 말에 담긴 의미를 알아차린 것이다.

"……장례가 진행되며 천진중이 육신에 해를 끼치면 모든 것이 끝이란 뜻이군요."

"그래, 보는 눈이 많으니 그전까지는 시체에 손을 대지는 않겠지만 장례가 거행되면 끝이다."

천서린과 주태명은 침음을 흘렸다.

견초번의 기억 속에 빠져 있을 때, 자연스레 나흘 전에 있었던 일이란 사실을 알 수 있었다.

그렇다면 이제 장례까지 단 사흘밖에는 남지 않은 상황이란 뜻이었다.

사흘.

촉박하기 그지없는 시간이었다.

"사흘이라……."

"교주님의 육신을 지키고 혼 또한 찾아야 하는데 그것이 동시에 가능하겠습니까?"

"영혼을 분리하는 대법에는 매개체가 필요하다. 그리고 그 매개체는 육신의 근방에 있지 않으면 효력을 발휘할 수 없지."

"혼을 분리시킨 물건이 신교 내부 어딘가에 숨겨져 있다는 뜻이군요."

"그래, 불행 중 다행인 일이지."

두 사람의 표정이 밝아졌다가 이내 한 가지 사실을 깨닫고는 딱딱하게 굳었다.

두 사람에게는 혼을 추적할 방도가 전무했다.

이 계획은 소신의가 돕지 않는다면 절대 성공할 수 없음을 알아차린 것이었다.

하지만 자신들이 아무리 소신의를 도왔다고 한들, 목숨을 걸고 마교 전체와 싸워 달라고는 할 수 없는 노릇이었다.

차마 천서린이 자신들을 위해 목숨을 걸어 달라는 말을 하지 못하고 있던 그때.

유신운이 먼저 말을 꺼냈다.

"길은 두 가지다."

천서린과 주태명이 유신운에게 주목했다.

"쉬운 길은 마교를 손에 넣어 천마의 복수를 하는 것."

유신운에게 천마를 구해 내는 것은 가능성이 희박한 일이었지만, 마교를 손에 넣는 것은 쉬운 일이었다.

그 방법이란 바로 총력전.

사파련과 황궁과 마찬가지로 그 홀로 모든 것을 제압해 버리는 것이었다.

하지만 이럴 경우 그 과정에서 분명히 마교에 거대한 피해가 생겨나게 된다.

그리고 동맹을 맺어 혈교와 싸우려는 계획에서 마교는 아주 작은 힘만을 보탤 수 있게 될 것이다.

우신장의 표정이 매우 어두워졌다.

이 방법이 천서린이 마교를 얻을 수 있는 가장 쉬운 방법이지만, 결국 천마를 잃게 되기 때문이었다.

"아니요, 그 길은 택하지 않겠습니다."

그러나 천서린은 이 방법을 택하지 않았다.

"그렇다면 어려운 길이군. 천마도 구하면서 마교까지 손에 넣는 것."

유신운은 깊은 숨을 내쉬며 말을 이어 갔다.

"하지만 이 방법에는 반드시 희생이 필요하다."

다음 권으로 이어집니다

魔帝
南宮
남궁마제

문운도 신무협 장편소설

회귀한 뇌왕, 가족을 지키기 위해
정파의 중심에서 제대로 흑화하다!

세상을 뒤집으려는 귀천성에 맞서 싸우다
가족을 모두 잃고 제물로 바쳐진 뇌왕 남궁진화
마지막 순간 원수의 뒤통수를 치고 죽으려 했으나
제물을 바치는 진법이 뒤틀리며 과거로 회귀하다!?

남궁세가의 양자가 된 어린 시절로 돌아온 후
귀천성이 노리는 자신의 체질을 연구하다 기연을 얻고
회귀 전과 다른 엄청난 미모와 함께
뇌전의 비밀마저 알아내 경지를 뛰어넘는데……

가족들에게는 꽃처럼 사랑스러운 막내지만
적이라면 일단 패고 보는 패악질의 끝판왕!
귀천성 때려잡기에 나서다!

꿈의 도약, 로크에서 하십시오
(주)로크미디어에서 신인 작가를 모십니다

즐거운 세상, 로크미디어는 꿈을 사랑하고 도전을 두려워하지 않는 작가 분들의 참신한 작품을 기다리고 있습니다. 21세기 장르 문학계를 이끌어 갈 차세대 선두 주자 (주)로크미디어에서 여러분의 나래를 활짝 펴 보시길 바랍니다.

모집 분야 판타지와 무협을 포함한 장르 문학
모집 대상 아마추어 작가, 인터넷 작가
모집 기한 수시 모집

작품 접수 시 유의 사항

1. 파일명은 작가명_작품명.hwp형식을 갖춰 주십시오.
1. 파일에 들어갈 내용은 다음과 같습니다.
   - 성명(필명인 경우 실명을 밝혀 주세요), 연락처, 이메일 주소
   - 제목, 기획 의도
   - A4용지 1장 분량의 등장인물 소개
   - A4용지 2장 분량의 전체 줄거리
   - 본문
1. 작품이 인터넷에 연재되고 있다면, 게시판명과 사이트의 구체적이고 정확한 주소를 기재해 주십시오.

선택된 작품은 정식 계약 후 출판물로 간행되어 전국 서점에 유통됩니다.
작가 분은 (주)로크미디어의 전폭적인 지원하에 전속 작가로 활동하시게 됩니다.
※ 자세한 내용은 로크미디어 홈페이지(rokmedia.com)를 참조하세요.

(03920)서울시 마포구 성암로 330 DMC첨단산업센터 3층 318호
(주)로크미디어 편집부 신간 기획 담당자 앞
전화 : 02) 3273-5135
www.rokmedia.com   이메일 : rokmedia@empas.com